Alice Dassel

Interpretationen
zu drei Grimm′schen Märchen

„Der Geist im Glas" (Seite 5)

„Die Sterntaler" (Seite 63)

„Das tapfere Schneiderlein" (Seite 91)

Es ist mir ein Anliegen, altes Kultugut lebendig zu erhalten und die Leselust anzuregen

Bibliografische Information der Deutschen Nationalbibliothek
Die Deutsche Nationalbibliothek verzeichnet diese Publikation in der Deutschen Nationalbibliografie; detaillierte bibliografische Daten sind im Internet über http://dnb.dnb.de abrufbar.

© 2014 Alice Dassel
Umschlagbild: Die Umschlaggestaltung erfolgte unter Einbeziehung der Illustration von Ubbelohde. Otto Ubbelohde, geb. am 5.1.1867 in Marburg an der Märchenstraße, illustrierte die Grimm′schen Märchen. Er starb am 8.5.1922 bei Marburg.
Bildernachweis: Eiche - gemalt von Volker Hintze aus Langenhagen
„Die Sterntaler" Lithografie des Malers Victor Paul Mohn von 1882
Landschaftsfoto von A. Dassel

Satz, Umschlaggestaltung, Herstellung und Verlag: BoD – Books on Demand
ISBN 978-3-7357-2916-3

Alice Dassel

Der Geist im Glas

– Grimm –

Märcheninterpretation

Inhaltsverzeichnis

Entstehungsgeschichte	7
Märchen „Der Geist im Glas" (Grimm)	9
1. Die Märchenfamilie	14
2. Bildungsaspekte im Märchen	18
3. Waldarbeit	21
4. Mittagspause	25
5. Die Begegnung mit dem Geist	28
6. Die Umkehr – Zeit zum Aufatmen	35
7. Rückkehr zum Vater	43
8. Geglückte Lebenswende	47
9. Die Schattenaspekte im Märchen	50
10. Märchen sind symbolische Geschichten	54
11. Die geistige Befreiung	56
12. Jetzt ist der Geist aus der Flasche	59

Entstehungsgeschichte

Eine Notiz vom 24. Juli 1813 von Wilhelm Grimm besagt, dass ihm ein Schneider aus Bökendorf bei Paderborn die Geschichte „Der Geist im Glas" erzählt haben soll. In der 1. Auflage des 2. Bandes der „Kinder- und Hausmärchen" ist das Märchen 1815 als Nr. 9 bei Reimer in Berlin erschienen. Auch die 2. Auflage kam 1819 beim selben Verlag heraus. Inzwischen hatte Wilhelm Grimm das Märchen überarbeitet, mit Dialogen und verschiedenen Redensarten ausgestaltet. In der 7. Auflage von 1857 – der Ausgabe letzter Hand – wurde der Text als KHM-99- bei Dieterich in Göttingen veröffentlicht.

Die Wurzeln dieses Märchens reichen weit in die Vergangenheit zurück. Eine zweifelsfreie Zuordnung ist bislang nicht möglich.

In der Grimm'schen Fassung bildet die Auseinandersetzung von Vater und Sohn die Rahmenhandlung. Darin eingebettet ist das Motiv des Flaschengeistes. Das leitet sich vermutlich aus der 1001-Nacht-Überlieferung her, aus der „Die Geschichte von dem Fischer und dem Dämon" stammt (Sammlung 1001 Nacht). Diese erzählt von der zweimaligen Befreiung des Dämons aus einer Messingflasche. Nach der 1. Freilassung droht dieser dem Fischer mit dem Tod. Mit Hilfe einer List wird er wieder in die Flasche gesperrt. Nach der 2. Freilassung erweist sich der Dämon als dankbar und verhilft dem Fischer sogar zu Reichtum. Das hieraus hergeleitete Motiv des Flaschengeistes ist verknüpft mit dem verkannten Genie des Studenten. Hinter dessen Arztlaufbahn verbirgt sich die Paracelsus-Sage. Auch alchimistische Vorstellungen aus dem Mittelalter zur Wandlung von Eisen in Silber fließen in die Märchenhandlung mit ein.

Nach mittelalterlichem Glauben besteht Geist aus einer feinstofflichen Substanz. Die stellte man sich als eine Art Gas vor, das sich komprimieren lässt – und wieder ausdehnen kann. In der heutigen Zeit denken wir beim „Flaschengeist" eher an Alkohol.

„Mercurius" war der alchimistische Name des giftigen Quecksilbers. Mit Quecksilber kann man Menschen vergiften. Es kann aber auch als Heilmittel verwendet werden.

Der Geist im Glas

Es war einmal ein armer Holzhacker, der arbeitete vom Morgen bis in die späte Nacht. Als er sich endlich etwas Geld zusammengespart hatte, sprach er zu seinem Jungen: »Du bist mein einziges Kind, ich will das Geld, das ich mit saurem Schweiß erworben habe, zu deinem Unterricht anwenden; lernst du etwas Rechtschaffenes, so kannst du mich im Alter ernähren, wenn meine Glieder steif geworden sind, und ich daheim sitzen muß.« Da ging der Junge auf eine hohe Schule und lernte fleißig, so daß ihn seine Lehrer rühmten, und blieb eine Zeitlang dort. Als er ein paar Schulen durchgelernt hatte, doch aber noch nicht in allem vollkommen war, so war das bißchen Armut, das der Vater erworben hatte, drauf gegangen, und er mußte wieder zu ihm heimkehren. »Ach«, sprach der Vater betrübt, »ich kann dir nichts mehr geben und kann in der teuern Zeit auch keinen Heller mehr verdienen als das tägliche Brot.« »Lieber Vater«, antwortete der Sohn, »macht Euch darüber keine Gedanken, wenn's Gottes Wille also ist, so wird's zu meinem Besten ausschlagen; ich will mich schon drein schicken.« Als der Vater hinaus in den Wald wollte, um etwas am Malterholz (am Zuhauen und Aufrichten) zu verdienen, so sprach der Sohn: »Ich will mit Euch gehen und Euch helfen.« »Ja, mein Sohn«, sagte der Vater, »das sollte dir beschwerlich ankommen, du bist an harte Arbeit nicht gewöhnt, du hältst das nicht aus; ich habe auch nur eine Axt und kein Geld übrig, um noch eine zu kaufen.« »Geht nur zum Nachbar«, antwortete der Sohn, »der leiht Euch seine Axt so lange, bis ich mir selbst eine verdient habe.«

Da borgte der Vater beim Nachbar eine Axt, und am andern Morgen bei Anbruch des Tags, gingen sie zusammen hinaus in den Wald. Der Sohn half dem Vater und war ganz munter und frisch dabei. Als nun die Sonne über ihnen stand, sprach der Vater: »Wir wollen rasten und Mittag halten, hernach geht's noch einmal so gut.« Der Sohn nahm sein Brot in die Hand und sprach: »Ruht Euch nur aus, Vater, ich bin nicht müde, ich will in dem Wald ein wenig auf und ab gehen und Vogelnester suchen.« »O du Geck«, sprach der Vater, »was willst du da herumlaufen, hernach bist du müde und kannst den Arm nicht mehr aufheben; bleib hier und setze dich zu mir.«

Der Sohn aber ging in den Wald, aß sein Brot, war ganz fröhlich und sah in die grünen Zweige hinein, ob er etwa ein Nest entdeckte. So ging er hin und her, bis er endlich zu einer großen gefährlichen Eiche kam, die gewiß schon viele hundert Jahre alt war, und die keine fünf Menschen umspannt hätten. Er blieb stehen und sah sie an und dachte: »Es muß doch mancher Vogel sein Nest hineingebaut haben.« Da deuchte ihn auf einmal, als hörte er eine Stimme. Er horchte und vernahm, wie es mit so einem recht dumpfen Ton rief: »Laß mich heraus, laß mich heraus!« Er sah sich rings um, konnte aber nichts entdecken, doch es war ihm, als ob die Stimme unten aus der Erde hervorkäme. Da rief er: »Wo bist du?« Die Stimme antwortete: »Ich stecke da unten bei den Eichwurzeln. Laß mich heraus, laß mich heraus!« Der Schüler fing an, unter dem Baum aufzuräumen und bei den Wurzeln zu suchen, bis er endlich in einer kleinen Höhlung eine Glasflasche entdeckte. Er hob sie in die Höhe und hielt sie gegen das Licht, da sah er ein Ding, gleich einem Frosch gestaltet, das sprang darin auf und nieder. »Laß mich heraus, laß mich heraus«, rief's von neuem, und der Schüler, der an nichts Böses dachte, nahm den Pfropfen von der Flasche ab. Alsbald stieg ein Geist heraus und fing an zu wachsen und wuchs so schnell, daß er in wenigen Augenblicken als ein entsetzlicher Kerl, so groß wie der halbe Baum, vor dem Schüler stand. »Weißt du«, rief er mit einer fürchterlichen Stimme, »was dein Lohn dafür ist, daß du mich herausgelassen hast?« »Nein«, antwortete der Schüler ohne Furcht, »wie soll ich das wissen?« »So will ich dir's sagen«, rief der Geist, »den Hals muß ich dir dafür brechen.« »Das hättest du mir früher sagen sollen«, antwortete der Schüler, «so hätte ich dich stecken lassen; mein Kopf aber soll vor dir wohl feststehen, da müssen mehr Leute gefragt werden.« »Mehr Leute hin, mehr Leute her«, rief der

Geist, »deinen verdienten Lohn, den sollst du haben. Denkst du, ich wäre aus Gnade da so lange Zeit eingeschlossen worden, nein, es war zu meiner Strafe; ich bin der großmächtige Merkurius, wer mich loslässt, dem muß ich den Hals brechen.« »Sachte«, antwortete der Schüler, »so geschwind geht das nicht, erst muß ich auch wissen, daß du wirklich in der kleinen Flasche gesessen hast, und daß du der rechte Geist bist; kannst du auch wieder hinein, so will ich's glauben, und dann magst du mit mir anfangen, was du willst.« Der Geist sprach voll Hochmut: »Das ist eine geringe Kunst«, zog sich zusammen und machte sich so dünn und klein, wie er anfangs gewesen war, also daß er durch dieselbe Öffnung und durch den Hals der Flasche wieder hineinkroch. Kaum aber war er drin, so drückte der Schüler den abgezogenen Pfropfen wieder auf und warf die Flasche unter die Eichwurzeln an ihren alten Platz, und der Geist war betrogen.

Nun wollte der Schüler zu seinem Vater zurückgehen, aber der Geist rief ganz kläglich: »Ach, laß mich doch heraus, laß mich doch heraus!« »Nein«, antwortete der Schüler, »zum zweitenmal nicht: wer mir einmal nach dem Leben gestrebt hat, den lass' ich nicht los, wenn ich ihn wieder eingefangen habe.« »Wenn du mich frei machst«, rief der Geist, »so will ich dir so viel geben, daß du dein Lebtag genug hast.« »Nein«, antwortete der Schüler, »du würdest mich betrügen wie das erste Mal.« »Du verscherzest dein Glück«, sprach der Geist, »ich will dir nichts tun, sondern dich reichlich belohnen.« Der Schüler dachte: »Ich will's wagen, vielleicht hält er Wort, und anhaben soll er mir doch nichts.« Da nahm er den Pfropfen ab, und der Geist stieg wie das vorige Mal heraus, dehnte sich auseinander und ward groß wie ein Riese. »Nun sollst du deinen Lohn haben«, sprach er und reichte dem Schüler einen kleinen Lappen, ganz wie ein Pflaster, und sagte: »Wenn du mit dem einen Ende eine Wunde bestreichst, so heilt sie, und wenn du mit dem andern Ende Stahl und Eisen bestreichst, so wird es in Silber verwandelt.« » Das muß ich erst versuchen«, sprach der Schüler, ging an einen Baum, ritzte die Rinde mit seiner Axt und bestrich sie mit dem einen Ende des Pflasters: alsbald schloß sie sich wieder zusammen und war geheilt. »Nun, es hat seine Richtigkeit«, sprach er zum Geist, »jetzt können wir uns trennen.« Der Geist dankte ihm für seine Erlösung, und der Schüler dankte dem Geist für sein Geschenk und ging zurück zu seinem Vater.

»Wo bist du herumgelaufen?« sprach der Vater, »warum hast du die Arbeit vergessen? Ich habe es ja gleich gesagt, daß du nichts zustande bringen würdest.« »Gebt Euch zufrieden, Vater, ich will's nachholen.« »Ja, nachholen«, sprach der Vater zornig, »das hat keine Art.« »Habt acht, Vater, den Baum da will ich gleich umhauen, daß er krachen soll.« Da nahm er sein Pflaster, bestrich die Axt damit und tat einen gewaltigen Hieb: aber weil das Eisen in Silber verwandelt war, so legte sich die Schneide um. »Ei, Vater, seht einmal, was habt Ihr mir für eine schlechte Axt gegeben, die ist ganz schief geworden.« Da erschrak der Vater und sprach: »Ach, was hast du gemacht! Nun muß ich die Axt bezahlen und weiß nicht, womit; das ist der Nutzen, den ich von deiner Arbeit habe.« »Werdet nicht bös«, antwortete der Sohn, »die Axt will ich schon bezahlen.« »O, du Dummbart«, rief der Vater, »wovon willst du sie bezahlen? Du hast nichts, als was ich dir gebe; das sind Studentenkniffe, die dir im Kopf stecken, aber vom Holzhacken hast du keinen Verstand.«

Über ein Weilchen sprach der Schüler: »Vater, ich kann doch nichts mehr arbeiten, wir wollen lieber Feierabend machen.« »Ei was«, antwortete der, »meinst du, ich wollte die Hände in den Schoß legen wie du? Ich muß noch schaffen, du kannst dich aber heimpacken.« »Vater, ich bin zum erstenmal hier in dem Wald, ich weiß den Weg nicht allein, geht doch mit mir.« Weil sich der Zorn gelegt hatte, so ließ der Vater sich endlich bereden und ging mit ihm heim. Da sprach er zum Sohn: »Geh und verkauf die verschändete Axt und sieh zu, was du dafür kriegst; das übrige muß ich verdienen, um sie dem Nachbar zu bezahlen.« Der Sohn nahm die Axt und trug sie in die Stadt zu einem Goldschmied, der probierte sie, legte sie auf die Waage und sprach:

»Sie ist vierhundert Taler wert, so viel habe ich nicht bar.« Der Schüler sprach: »Gebt mir, was Ihr habt, das übrige will ich Euch borgen.« Der Goldschmied gab ihm dreihundert Taler und blieb einhundert schuldig. Darauf ging der Schüler heim und sprach: »Vater, ich habe Geld, geht und fragt, was der Nachbar für die Axt haben will.« »Das weiß ich schon«, antwortete der Alte, »einen Taler, sechs Groschen.« - »So gebt ihm zwei Taler, zwölf Groschen, das ist das Doppelte und ist genug; sehr Ihr, ich habe Geld im Überfluß«, und gab dem Vater einhundert Taler und sprach: »Es soll Euch niemals fehlen, lebt nach Eurer Bequemlichkeit.« »Mein Gott«, sprach der Alte, »wie bist du zu dem Reichtum gekommen?« Da erzählte er ihm, wie alles zugegangen wäre, und wie er im Vertrauen auf sein Glück einen so reichen Fang getan hätte. Mit dem übrigen Geld aber zog er wieder hin auf die hohe Schule und lernte weiter, und weil er mit seinem Pflaster alle Wunden heilen konnte, ward er der berühmteste Doktor auf der ganzen Welt.

1. Die Märchenfamilie

In vielen Märchen verhält es sich so, dass der spätere Märchenheld aus einer unvollständigen Familie hervorgeht. In dieser Märchenfamilie versorgt ein allein erziehender Vater seinen einzigen Sohn. Diese „Restfamilie" ist rein männlich geprägt. Es kommt keine Ehefrau und Mutter vor. Warum sie fehlt, verrät das Märchen nicht. Scheidungen oder Trennungen waren in früheren Zeiten selten und unüblich. Deshalb ist wohl eher davon auszugehen, dass die Mutter verstorben ist. Vielleicht hatte sie eine schwierige Geburt und starb an Kindbettfieber, wie es in früheren Jahrhunderten häufig der Fall war. Es ist auch möglich, dass sie an einer anderen Krankheit litt und die medizinische Versorgung unzureichend war. Sie kann durch einen Unfall oder äußere Einwirkung zu Tode gekommen sein. Wenn in einer Märchenfamilie die Mutter fehlt, dann mangelt es ihr am weiblichen Prinzip. Denn die Frau symbolisiert im Märchen u.a. Mütterlichkeit, Geborgenheit und Herzenswärme. Die Restfamilie ist um alle diejenigen Aspekte ärmer, die durch eine Frau verkörpert werden. Der gesamte Gefühlsbereich, wie zum Beispiel Mitgefühl, Einfühlungsvermögen und seelische Nähe, wird dann zu wenig entwickelt sein. Ein solcher Mangel kann sich auf das Miteinander von Vater und Sohn auswirken. Möglicherweise treten dadurch andere Faktoren stärker in den Vordergrund, die das Leben rationaler und nüchterner gestalten. Der Vater trägt die Verantwortung für ihrer beider Wohlergehen ganz allein. Er übernimmt die Vater- und zugleich Mutterrolle. In dieser Doppelfunktion von Berufstätigkeit einerseits, Haushaltsführung und Kindererziehung andererseits fühlt er sich vollkommen ausgelastet. Damit dürfte er in vielen Situationen bis an seine Leistungsgrenzen gefordert sein. Dennoch wird erkennbar, dass ihm die Entwicklung seines Kindes eine „Herzensangelegenheit" ist. Es muss jedoch offen bleiben, ob sein Sohn die nötige Nestwärme erhalten hat.

In der heutigen Zeit gibt es viele unvollständige Familien, in denen nur ein Elternteil aus den verschiedensten Gründen die Kindererziehung übernimmt. Oft führen Trennungen, Scheidungen oder auch Todesfälle dazu. Mitunter möchte eine Frau nur eines Kindes wegen keine Partnerschaft eingehen und nimmt freiwillig die Erziehungsaufgabe allein auf sich. Mehrheitlich sind in unserer Gesellschaft Frauen die Alleinerziehenden. Grundsätzlich gibt es auch Männer in dieser Rolle.

Die häuslichen Verhältnisse in der Märchenfamilie sind von männlichen Prinzipien bestimmt. Der Vater leistet als Holzfäller schwere körperliche Arbeit, die zudem nicht ungefährlich ist. Er ist praktisch orientiert, kennt sich im Wald mit den verschiedenen Baumarten und Hölzern gut aus. Er versteht sich auf die erforderlichen Techniken der Holzgewinnung. Mit unermüdlichem Fleiß, Willenskraft und Durchhaltevermögen setzt er sich in seinem Beruf ein, um den Lebensunterhalt für sie beide zu verdienen. Er arbeitet hart. Von seinem Sohn erwartet er nicht etwa – wie es viele Väter tun –, einmal in seine Fußstapfen zu treten, sondern verfolgt andere Pläne. Aufgrund dieser Anschauung hebt sich der Märchenvater von vielen anderen Männern der damaligen, sehr patriarchal bestimmten Gesellschaft ab. Damit zeichnet er sich als einen offenen, vernünftigen Menschen aus. Offenbar hat er viel über sich und die sozialen Verhältnisse nachgedacht und eine fortschrittliche Sichtweise gewonnen. Deshalb hält er das mühsam verdiente Geld zusammen, kalkuliert genau und spart für die Zukunft. Dabei übt er persönlichen Verzicht, begnügt sich mit dem Wenigen und akzeptiert die bescheidenen Lebensverhältnisse. Seine eigenen Wünsche und Bedürfnisse stellt er zugunsten seines Sohnes weitgehend zurück. Es genügt ihm, wenn sie beide ein Dach über dem Kopf haben, satt zu essen und die nötige Kleidung.

Nach heutigem Maßstab sind so karge Lebensbedingungen schwer vorstellbar, aber in Entwicklungs- oder Schwellenländern durchaus noch anzutreffen.

Dennoch wirkt der Märchenvater keineswegs unzufrieden mit seiner Lebenssituation. Wie lässt sich das erklären?

Zu irgendeinem Zeitpunkt ist es ihm aufgefallen, dass er ein außerordentlich begabtes Kind hat. Das erfüllte ihn sicherlich mit großer Freude. Denn welche Eltern wären nicht stolz darauf, ein intelligentes Kind zu haben? So hat er insgeheim beschlossen, es nach bestem Wissen und Gewissen zu erziehen und zu fördern. Dabei stellte er sich vor, dass es seinem Sohn einmal in jeder Hinsicht besser gehen sollte als ihm selber. Er wollte ihn auf Schulen schicken, um seine geistige Entwicklung voranzubringen und seine Fähigkeiten zu fördern. Vor seinem geistigen Auge entwarf er eine Zukunftsvision. Er hatte einen Traum – übrigens einen solchen, wie ihn viele Eltern heutzutage mit ihm teilen: Sein Sohn sollte die Chance für eine großartige Karriere erhalten. Was ihm als Vater versagt blieb, delegiert er nun an „die nächste Generation". Er ist von der Hoffnung erfüllt und von der Vorstellung überzeugt, seinem Sohn für eine glänzende Zukunft alle Wege ebnen zu können. Dafür nimmt er persönliche Einschränkungen in Kauf.

Die Gefahr bei der Realisierung dieser Zukunftsvision besteht darin, dass er anfangs seinen Sohn über seine Pläne nicht genügend informiert. Wenn sein Sohn etwas Rechtschaffenes lernt und damit sein Geld verdient, kann er sich später im Alter von ihm versorgen lassen. Das wäre ein angewandter Generationenvertrag. Denn eine Altersversorgung in Form von Rente gab es noch nicht. Positiv ist es zu bewerten, dass er ihn später, als sein Sohn herangewachsen ist, in seine Überlegungen einbezieht. Sonst wären seine Entscheidungen auf eine Fremdbestimmung hinausgelaufen. Dergleichen kommt häufig vor, wenn Eltern mit ihren Kindern nicht besprechen, welche Vorstellungen sie mit ihnen verfolgen. Der Märchensohn scheint mit dem Vorhaben des Vaters einverstanden zu sein. Allerdings verhält es sich normalerweise so, dass Kinder aus Liebe zu ihren Eltern sich deren Wünschen unterwerfen, um sie nicht zu enttäuschen. Sie wollen ihre Erwartungen erfüllen. Denn sie möchten auf gar keinen Fall ihre Zuwendung verlieren, erst recht nicht, wenn ein Kind nur noch ein Elternteil hat. Es ist seelisch – und wirtschaftlich – von diesem Elternteil abhängig und möchte in gutem Einvernehmen mit ihm leben. Dies gilt auf Märchenebene wie in der heutigen Zeit.

Der Märchenvater, der von den heutigen Pisa-Studien noch nichts ahnen konnte, handelt intuitiv richtig. Der Erwerb von Wissen und Kenntnissen haben für ihn einen hohen Stellenwert. Diese Überzeugung vermittelt er seinem Sohn, der sie verinnerlicht und davon bestimmt wird. Zudem zeigt ihm sein Vater, wie sehr er an ihn glaubt. Das spürt sein Sohn und fühlt sich dadurch seelisch gestärkt. Das verleiht ihm ein gesundes Selbstwertgefühl. Dies wiederum ist wichtig, um ein so weit reichendes Ziel überhaupt verfolgen zu können.

Der Vater verkörpert das Bild, das der Sohn täglich vor Augen hat, und entwickelt sich insbesondere dadurch zu seinem moralischen Vorbild.

2. Bildungsaspekte im Märchen

Märchen üben Gesellschaftskritik und wollen den Leser oder Zuhörer zum Nachdenken über die verschiedenen Lebensverhältnisse anregen. In diesem Märchen liegt ein Schwerpunkt auf der Schulbildung. Jahre bzw. Jahrzehnte hat in unserer Gesellschaft diese Thematik ein „Schattendasein" geführt. Erst durch die Pisa-Studien wurden Eltern, Lehrer und Politiker aufgeschreckt und plädieren nun für die bestmögliche Erziehung und Ausbildung der Kinder und Jugendlichen. In der Bevölkerung besteht bei einer großen Mehrheit darüber Konsens, dass junge Menschen am ehesten vor späterer Arbeitslosigkeit bewahrt werden können oder davor, sich als (junge) Erwachsene überflüssig zu fühlen, wenn sie gut geschult sind. Das Geld, das in die Bildung und Ausbildung investiert wird, gilt als gut angelegtes „Kapital". Solcherlei Einsichten und Erkenntnisse sind nicht erst der „Wissensgesellschaft" im Informationszeitalter zu verdanken, sondern hatten schon in früheren Jahrhunderten Bestand. Ihre Umsetzung scheiterte zuweilen am Geldmangel oder am politischen Willen. Entsprechendes gilt für eine Reihe von Entwicklungs- oder Schwellenländern.

Wegen seiner Bildungsthematik erweist sich dieses Märchen als überaus „aktuell" und „modern". Denn der Märchenvater weiß aufgrund seines gesunden Menschenverstandes, seiner Lebenserfahrung und Intuition, wie wichtig die Schulbildung seines einzigen Kindes ist. Offenbar hat er sich kritisch mit dieser Frage auseinandergesetzt. Aufgrund seiner Überlegungen verhält er sich vorausschauend und unabhängig von gesellschaftlichen Strömungen, dem sogenannten „mainstream". Damit erweist er sich als beispielhaft. Sein Selbstwertgefühl scheint zu diesem Zeitpunkt intakt zu sein, denn er hat kein Problem damit, dass sein Sohn eines Tages ihm an Wissen und Kenntnissen überlegen sein wird. Davor fürchten sich manche Eltern.

Erst heutzutage lässt es sich wissenschaftlich belegen, wie sich das menschliche Gehirn durch ständige Lernprozesse verändert. Je mehr

Hirnareale aktiviert und je intensiver sie genutzt werden, desto besser entwickeln sich die Nervenbahnen und vernetzen sich. Dabei entstehen Synapsen, also Schaltstellen, die die Impulse weiterleiten. Je komplexer das Reiz-Leitungs-System ausgebildet ist, desto schneller und vielfältiger ist das Denkvermögen. Es lässt sich umso mehr Wissen abspeichern und wieder abrufen. So können einerseits die genetisch bedingten Anlagen und andererseits die erworbenen Fähigkeiten gefördert und trainiert werden. Der Mensch lernt nicht nur auf einer abstrakten, rationalen Ebene, sondern auch durch die Einbeziehung seiner Sinne. Die sinnliche Wahrnehmung dient der Veranschaulichung und dem Vorstellungsvermögen. Darüber hinaus spielen die Emotionen beim Lernprozess eine wichtige Rolle. Emotionen sorgen für eine tiefere Verankerung des Erlernten im Gedächtnis. Die geistigen Leistungen lassen sich auf diese Weise steigern. Nach heutigen Erkenntnissen geht es nicht nur um den Erwerb von theoretischen Kenntnissen, sondern auch um den von praktischen. Zuweilen wurden praktische Erfahrungen eher als geringwertig eingestuft. Aber inzwischen hat sich die Verknüpfung von Theorie und Praxis als sehr wertvoll erwiesen, weil eine Wechselwirkung entsteht. Dies gilt für die Schulausbildung, Lehre und Studium gleichermaßen. Praktika gewinnen zunehmend an Bedeutung.

Wie sollte ein Ingenieur oder Mediziner seinen Beruf ohne Praxisbezug ausüben können?

Dennoch bedeutet das Verlassen des Elternhauses für den Jungen einen tiefen Einschnitt in seinem jungen Leben. Die Herauslösung aus der engen Vater-Sohn-Beziehung, aus der familiären und dörflichen Gemeinschaft und der häuslichen Atmosphäre, zugunsten eines erweiterten Umfeldes verlangt ihm viel Mut zur Veränderung und große Flexibilität ab. Das fremde Umfeld, die unbekannten Lebensverhältnisse, der Kontakt mit Gleichaltrigen aus unterschiedlichen Gesellschaftsschichten und die Begegnung mit Lehrern bilden große Herausforderungen, die auch noch in der heutigen Zeit oft unterschätzt werden. Denn viele Jugendliche scheitern an ihnen. Aber dem Märchenjungen gelingt es, sich mit ihnen vertraut zu machen.

Alle diese Erfahrungen bringen seine Persönlichkeitsbildung voran. Die Neuausrichtung stellt eine neue Form der Sozialisation dar. Schulen sind eine Institution der Gesellschaft.

In der Schule erwirbt der Junge eine Fülle von Lerninhalten und Fertigkeiten. Das Lesen, Schreiben, Rechnen erschließt ihm bisher unbekannte Bildungsgüter. Dadurch erlangt er den Zugang zu vielen Informationen, Vorstellungen und Ideen, mit denen er sich auch in Zukunft weiter auseinandersetzen kann. Wer so hoch motiviert ist, erweitert beinahe mühelos seine Kenntnisse und sein theoretisches Wissen. Er steigert sein logisches Denk- und Abstraktionsvermögen, erfährt eine geistige Erweiterung und stärkt seinen Intellekt. Wer zugleich so viel Freude bei seinen Lernprozessen erlebt, empfindet großes Wohlbefinden dabei und ist emotional im Einklang mit sich selbst. Dies gilt nicht nur für den Märchenjungen, sondern auch für andere Lernwillige. Die Lust zu lernen führt normalerweise zu guten Erfolgen. Dennoch ist bei allem Lerneifer zu bedenken, dass Wissen allein noch keinen Lebenssinn verschafft.

Die Lernbereitschaft des Märchenjungen hält ein Leben lang an. Das zeigt sich, als er durch das Lappen-Geschenk des Merkurius' zu Geld kommt. Trotz seiner einfachen Herkunft ist er dadurch privilegiert, seine Aus- und Weiterbildung fortsetzen zu können. Er tut es frei-willig und mit großer Intensität, so dass er später der berühmteste Arzt seiner Zeit wird. An diesem Beispiel wird deutlich, dass der Märchenheld „long-life-learning" bereits umgesetzt hat, was heute große Aktualität gewonnen hat.

Als das Schulgeld aufgebraucht ist, kehrt der Junge in sein Vaterhaus zurück. Ein wichtiger Ausbildungsabschnitt ist vollendet. Die Pubertät beginnt. Wieder findet eine Zäsur in seinem Leben statt.

3. Waldarbeit

Der Vater ist unglücklich darüber, seinem Sohn keinen weiteren Schulbesuch mehr finanzieren zu können. Er empfindet diese Tatsache als persönliche Schlappe. Aber sein Sohn erlebt die Situation vollkommen anders. Er bleibt gelassen und seelisch ausgeglichen. Voller Zuversicht ergibt er sich in sein Schicksal. Wie zum Trost sagt er zu seinem Vater: »Macht Euch keine Gedanken, wenn's Gottes Wille also ist, so wird's zu meinem Besten ausschlagen; ich will mich schon drein schicken.« Er vermag sich schnell auf die veränderte Lebenslage einzustellen und sich an sie anzupassen. Damit beherrscht er ein Gesetz der Lebenskunst: Wer sich rasch auf Veränderungen positiv einzulassen versteht, verschwendet keine unnötigen Energien für Zweifel und Unzufriedenheit. Der Junge nimmt sein Leben an, weil er innerlich von der „göttlichen Führung" überzeugt ist.

Nach der theoretischen Schulbildung folgt nun die praktisch orientierte Berufstätigkeit. Der Junge spürt, wie wichtig sie für ihn ist. Er zeigt sich aufgeschlossen und hegt keinerlei Vorurteil gegenüber der körperlichen Arbeit. Er weiß, was ihm fehlt. Es drängt ihn nach solchen Erfahrungen. Seine jugendliche Kraft möchte er ausprobieren. So fällt ihm gleich ein, wie sich eine zweite Axt beschaffen lässt. Der Nachbar leiht sie ihnen. Sein Vater möchte dem Jungen die schwere Holzfällerarbeit nicht zumuten. Aber sein Sohn beharrt darauf, mit ihm in den Wald zu gehen. Er möchte wissen, was der Vater alles zu tun hat, und ist davon überzeugt, dass er sich damit auskennt. Er kann viel von ihm lernen und will es auch.

Die bislang einseitige männliche Prägung, die eher nüchtern, gefühlsarm und theoretisch war, wird nun durch praktische Arbeit ergänzt. Auch die fehlende leibliche Mutter bedarf einer Kompensation. Sie ist jedoch nicht etwa durch eine andere Frau zu ersetzen. So lässt sich die emotional zu kurz gekommene Seele des Jungen dadurch ausbalancieren, dass sie mit der „Mutter Natur" in Berührung kommt.

Der Wald ist ein Teil der Natur. Er ist von großer symbolischer Bedeutung.

Der Märchenwald hat wenig mit einem Forst oder einem Stadtwald gemeinsam, wie viele Städter ihn kennen. Stangenwälder oder Plantagen mit ausgeprägten Wegenetzen, gelichteten Reihen, übersichtlichen Anordnungen der Bäume sind keine natürlichen Wälder. Im Märchen geht es um einen Naturwald oder Urwald, der nicht oder nur wenig von Menschenhand geformt ist. Er ist nicht etwa nur die Ansammlung unzähliger Bäume, sondern weist eine riesige Fülle verschiedenster Pflanzenarten auf, ist verdichtet durch Büsche, Gestrüpp, Tothölzer, Gräser, Beeren, Pilze, Moose, Flechten etc. Das dichte Blattwerk schirmt viel Tageslicht ab und lässt den Wald undurchschaubar, dunkel – mitunter bedrohlich – erscheinen. Die meist hohe Luftfeuchtigkeit verursacht Dunst und Nebelschwaden, was zusätzlich eine verschleiernde Wirkung zeitigt und zugleich die Fantasie anregt. Für wild lebende Tiere ist das dichte Unterholz und Gestrüpp ein guter Schutz. Sie fühlen sich darin geborgen. Darin liegt auch die Symbolkraft des Märchenwaldes. Er repräsentiert das Unbewusste, Undurchschaubare, Verdrängte und dient dazu, den Märchenhelden mit seinen seelischen Tiefen in Kontakt zu bringen. Er spiegelt ihm seine dunklen, verborgenen Seiten wider, die er kennenlernen soll. Der Junge merkt, dass es für ihn um eine „lebenswichtige" Erfahrung geht. Er ist neugierig auf sie – und offen dafür. Trotzdem verspürt er gewisse „Ängste", weil er Neuland in seinem Leben betritt und sich in der unwegsamen Waldnatur nicht auskennt. Es ist wichtig für ihn, den Weg in den Wald – und später wieder zurück nach Hause in Begleitung seines (erfahrenen) Vaters zu gehen. Das wird deutlich an seinen Worten: »Vater, ich kann doch nichts mehr arbeiten, wir wollen Feierabend machen.« und »Vater, ich bin zum ersten Mal hier in dem Wald, ich weiß den Weg nicht allein, geht doch mit mir.« Ohne die väterliche Führung sieht er sich überfordert. Er käme sich verloren und orientierungslos vor. Das mag einen wundern, weil er sonst keineswegs unsicher oder verzagt klingt.

Wenn es ums Bäume fällen geht, zeigt sich der Junge voller Energie und Munterkeit. Kraftvoll schlägt er mit der geliehenen Axt zu. Es ist für einen Jugendlichen bezeichnend, seine Körperkräfte ausprobieren zu wollen. Rasch erlernt er die Arbeitstechniken vom Vater und hilft ihm fleißig. So gewinnt er Einblicke in die verschiedenen Tätigkeitsbereiche.

Die Holzfällerei erweitert einerseits seine Naturkenntnisse und dient andererseits der Selbsterfahrung. Sie vermittelt ihm Zusammenhänge, die ihm bisher fehlten.

Wie verändert der Einschlag das natürliche Umfeld?

Jeder gefällte Baum bringt Licht in das Dunkel des Waldes. Licht symbolisiert Bewusstheit. Wenn ein Baum stirbt, macht er Platz für andere Pflanzen und schafft Lebensräume für Tiere, die mehr Tageslicht benötigen. Der Kreislauf der Natur wird beeinträchtigt, aber gleichzeitig werden neue Möglichkeiten geschaffen. Leben ist Veränderung, Wechsel und Wandel gehören dazu.

Das mütterliche Prinzip des Werdens und Vergehens, des Gebärens und Sterbens wird im Wald erfahrbar. Geburt und Tod gehören zusammen. Neues Wachstum entsteht, Altes stirbt ab und verwest. Dies bildet einen Kreislauf, einen immerwährenden Prozess. Der Junge erfährt durch die Arbeit im Wald die lebendige Anschauung des Stirb- und Werdeprinzips in der Natur. Durch die physische Anstrengung bei der Holzfällerei fühlt er sich nicht etwa müde oder geschwächt, sondern sehr lebendig. Woran liegt das? Er erlebt mit wachen Sinnen, was um ihn herum vorgeht. Seine Wahrnehmung und Beobachtungsgabe sind gefordert. Dabei befindet er sich im Einklang mit sich und seinem Umfeld. So möchte er die Mittagspause nicht in der Gesellschaft seines Vaters verbringen, sondern auf eigene Faust losgehen und seine eigenen Entdeckungen machen. Sein Vater versteht das nicht. Aber der Junge vermag sich von ihm abzugrenzen und seinen Wunsch und Willen durchzusetzen. Daran wird deutlich, wie groß dieses natürliche Bedürfnis ist. Es ist notwendig, sich vom Vater abzunabeln und mehr Selbstständigkeit einzufordern. Das ist für die Pubertät bezeichnend und der erste Schritt des Erwachsenwerdens. Dies gilt für den Märchenjungen – wie für andere Heranwachsende gleichermaßen. Er möchte sich auf die Suche nach Vogelnestern mit Eiern begeben.

Wie kommt er auf eine solche Idee?

4. Mittagspause

Die Sonne erreicht ihren höchsten Stand. Nach vielen Stunden harter körperlicher Arbeit ist es Zeit für eine Mittagspause. Da der Vater erschöpft und hungrig ist, möchte er sich ausruhen und etwas essen. Aber sein Sohn hat ganz andere Bedürfnisse. Er nimmt sein Mittagsbrot und begibt sich tiefer in den Wald hinein. Da auch er Hunger hat, kommt er auf die Idee, nach Vogelnestern zu suchen. Vogeleier sind eiweißhaltig und nahrhaft. Ohne dass es ihm bewusst sein dürfte, spielt unterschwellig bei diesem Vorhaben mit, dass er sich als Kind nach mehr „Nestwärme" gesehnt und sie vermisst hat. Gleichzeitig geht es um das nährende Prinzip. Zwar hat er satt zu essen bekommen – wie er auch jetzt sein Mittagsbrot erhalten hat, aber im übertragenen Sinn hat es ihm an „seelischer Nahrung" gemangelt. Das, was ihm sein Elternhaus nicht zu geben vermochte, sucht er nun in der „Mutter Natur". Das Vogelei – oder Ei – ist wegen seiner ovalen Form ein Symbol der Ganzheit und der Seele. Die zerbrechliche Schale des Eis weist im übertragenen Sinn auf die Zerbrechlichkeit der Seele hin. Die Seele des Jungen ist noch nicht hinreichend gefestigt, wie es für einen Heranwachsenden typisch ist. Er spürt, wie wichtig es für seine eigene Entwicklung ist, sich losgelöst vom Vater auf den Weg zu begeben, seinem inneren Impuls zu folgen und sich den eigenen Gedanken und Überlegungen zu überlassen. Damit begibt er sich auf die Suchwanderung. Im psychologischen Sinn geht es um die Selbstfindung.

Er ist offen, neugierig und sehr wach, dabei fröhlich und aufmerksam für alles, was ihm begegnet. In der Wildnatur des Waldes trifft er auf ein bedeutendes „Naturdenkmal". Es handelt sich um eine viele Jahrhunderte alte Eiche. Ehrfurchtsvoll stellt er fest, dass wohl fünf Männer nötig wären, um ihren Stamm zu umfassen. Was für ein Exemplar! Der Junge staunt über die Ausmaße des Baumes. Einen solchen Baum hat er vermutlich noch nie zuvor gesehen. Die alte Eiche strahlt Standfestigkeit und Stärke aus. Sie bietet ihm Schutz. Ihre Gestalt ähnelt der eines Menschen. Die ausladende Krone ließe sich als Kopf vorstellen, der Stamm mit dem Rumpf vergleichen und die Wurzeln mit den Füßen. Sie steht aufrecht wie ein Mensch, gewinnt an Höhe, erreicht ihre Wachstumsgrenze – und irgendwann vergeht sie wieder. Ihre Früchte dienen der Fortpflanzung. Im Transfer entsprechen die Eicheln den menschlichen Leistungen. Mensch und Baum gehen eine „Symbiose" ein, weil die Blätter Sauerstoff abgeben, den der Mensch zum Atmen braucht. Das ausgeatmete Kohlendioxyd des Menschen nutzt wiederum der Baum für seinen Stoffwechsel. Diese Eiche symbolisiert einen „Lebensbaum". Während sich ihr Wurzelwerk in der „Mutter Erde" verzweigt, um Wasser und Nährstoffe herauszulösen und aufzunehmen, erhält sie darin zugleich ihre „Erdung". Sie reckt ihre Krone mit der Verästelung und Verzweigung zum Licht – und somit dem Himmel entgegen. Ein Laubbaum wie eine Eiche verliert im Herbst seine Früchte und Blätter, stirbt scheinbar ab, um im Frühling neues Blattwerk hervorzubringen. Aufgrund der ständig wechselnden Zyklen und des viel höheren Lebensalters als das eines Menschen wirkt sie wie ein „Ewigkeitssymbol". Ihr Holz ist hart und fest und strahlt Dauerhaftigkeit aus. So ehrwürdig und alt die Eiche auch sein mag, dem Jungen flößt sie ungewohnte Ängste ein, sie wirkt auf unerklärliche Weise gefährlich. Aber warum? Denn er ist keine ängstliche Natur.

Warum sollte ein so stattlicher Baum für ihn eine Gefahrenquelle darstellen? Was könnte die Eiche ihm anhaben mitten im Wald? Er betrachtet sie eingehend und ist davon überzeugt, dass sie so manchem Vogel als Brutplatz gedient hat. Gedanklich ist er noch immer mit der Suche nach Vogelnestern beschäftigt. Also ist das Thema der notwendigen Nestwärme für ihn noch nicht abgeschlossen. Wenn Vogelküken aus den Eiern schlüpfen, flügge werden und fliegen lernen, dann verlassen sie bald das elterliche Nest. Sie entwickeln sich nach einiger Zeit des Gefüttertwerdens zu Selbstversorgern. Sie sind dann unabhängig von ihrer Familie und lösen sich von ihr. In einem solchen Prozess befindet sich der Märchenjunge gerade. Die Jungtiere fliegen weg und suchen sich ein neues Revier. Vögel verkörpern den menschlichen Traum vom Fliegen. Sie steigen auf, gewinnen eine neue, erhabene Perspektive, scheinen sich von der irdischen Gebundenheit zu lösen, indem sie durch die Lüfte schweben. Seit alters her beneidet der Mensch den Vogel um die Fähigkeit abzuheben und die Erdenschwere zu überwinden. Er sieht darin die geistige und seelische Freiheit. Mit dem Vogelflug verbindet er Vorstellungen, die ihn erheben, wie zum Beispiel die Fantasie, Inspiration und Spiritualität. Der Vogel symbolisiert einen uralten Traum des Menschen, nämlich sich von der Materie zu befreien, dem Geistigen zu nähern und den Zugang zum Göttlichen zu erlangen.

Diese Entwicklung bahnt sich gerade für den Märchenjungen an, ohne dass er sich dessen schon bewusst wäre.

In den Mythologien und Religionen haben die Vögel große Bedeutung erlangt. So ist zum Beispiel die weiße Taube ein Sinnbild für den Frieden. Die Turteltaube gilt als Symbol für das Verliebtsein und die Liebe. Der Schwan verkörpert die Reinheit, während der majestätische Adler als Herr der Lüfte gilt. Er steht für Kraft, Licht, höchste Werte und alles Edle. Deshalb wird er als Wappentier eingesetzt.

Mythologisch ist der Adler mit dem Vogel Phönix verwandt und repräsentiert die Selbsterneuerung und Wandlung.

Auch wenn dem Märchenjungen dies alles noch unbewusst ist, so war es dennoch *seine* Entscheidung, sich nach alledem auf den Weg zu machen. Denn es ist *sein* Lebensweg, den er zu suchen und zu gehen hat. Es ist ein innerer Drang, der ihn antreibt.

Aber wie es im Märchen – und im realen Leben – so oft geschieht, ist der Schlüssel für das weitere Geschehen nicht oben in der Baumkrone oder in den Lüften zu finden, sondern unmittelbar vor den Füßen im Wurzelwerk.

5. Die Begegnung mit dem Geist

Der Junge betrachtet mit wachen Sinnen diesen stattlichen Baum, der so viele Generationen überdauert hat. Er verspürt intuitiv, dass es mit dieser Eiche eine besondere Bewandtnis hat, sie ist ihm unheimlich. Aber er weiß nicht, warum. Es gehen Energien von ihr aus, die ihm fremd erscheinen und ihn deshalb verunsichern. Das kann er sich nicht erklären. Dennoch fühlt er sich zu ihr hingezogen. Obwohl er weit und breit nichts Auffälliges bemerkt, hört er plötzlich eine Stimme rufen: »Laß mich heraus, laß mich heraus.« Er wundert sich darüber und guckt in alle Richtungen. Es ist kein menschliches Wesen sichtbar. Die Ortung der Stimme gelingt ihm nicht gleich. »Kommt der Ton aus dem Erdreich?«, überlegt er. Er fragt: »Wo bist du?« »Ich stecke da unten bei den Eichwurzeln. Laß mich heraus, laß mich heraus!«

Ist es seine jugendliche Neugier, sein Forscherdrang – oder empfindet er einfach nur Mitleid mit der jämmerlich klingenden Stimme? Auf jeden Fall fühlt er sich angesprochen. Irgendetwas berührt ihn, ohne ahnen zu können, welche Schicksalswende sich in diesem Augenblick anzubahnen beginnt. Sofort räumt er unter der Eiche das trockene Laub vom vergangenen Jahr beiseite, schiebt das Geäst und Gestrüpp weg, um an die Wurzeln herankommen zu können. Dabei geht er systematisch vor. Schließlich findet er in einer Höhlung eine Glasflasche. Was mag es mit ihr auf sich haben? Er greift nach ihr und hält sie gegen das Licht. Er will Klarheit gewinnen. Zugleich handelt es sich um eine Geste des Bewusstwerdens. Er ist neugierig und gespannt, nun aber frei von Ängsten und Argwohn. Er betrachtet den Inhalt der Flasche sehr genau mit analytischem Verstand. Dabei macht er eine eigenartige Entdeckung. Er erblickt darin ein kleines Wesen, das ihn an einen Frosch erinnert. Das springt hin und her und auf und nieder und schreit: »Laß mich heraus, laß mich heraus!« Dergleichen hat er noch nicht erlebt. Er befindet sich allein im Wald und sieht sich mit

einem zauberischen Wesen in einer Flasche konfrontiert, das ganz jämmerlich um seine Befreiung bittet. Was soll er tun?

Was hat dieses magische Wesen mit ihm zu tun? Welche Entwicklung bahnt sich hier an?

Ein Frosch oder froschähnliches Wesen im Märchen ist symbolträchtig. Denn ein Frosch ist ein amphibisches Tier, weil es im Wasser und auf dem Land leben kann. Tümpel und Sumpfgebiete sind sein Element. Er repräsentiert deshalb den Übergang. Da er die Entwicklungsstufen vom Ei zur Larve über die Kaulquappe bis zum Frosch durchlaufen muss, gilt er als „Wandlungssymbol". In den verschiedenen Mythen und Märchen spielt er eine bedeutende Rolle, weil der Frosch sich von einer niedrigen bis zu einer höherwertigen Lebensstufe entwickelt. Bei den Ägyptern zum Beispiel verkörpert die froschköpfige Göttin Heket die göttliche Geburtshelferin.

Soll der Junge dieses Froschwesen, das so eindringlich um seine Befreiung bittet, achtlos in der Flasche liegen lassen?

Kann er das überhaupt?

Doch die inständigen Bitten des Geistes, die er mit jeweiliger Wiederholung insgesamt dreimal äußert, erweichen das Herz des Jungen.

Im Märchen spielt die Zahl Drei eine gewichtige Rolle. Sie steigert das Anliegen und will es auf die Spitze treiben, damit es erhört und einer Lösung zugeführt werden kann. Die Drei drängt, intensiviert die Forderung und steigert die Not-Wendigkeit des Handelns. Es muss jetzt unbedingt geschehen, was unerlässlich ist. Dadurch entsteht Spannung, die nur durch das Herausnehmen des Pfropfens gelöst werden kann. Der Junge verhält sich offen, hilfsbereit und vorurteilsfrei. Er empfindet keine Angst. Jedenfalls denkt er sich nichts Böses dabei, als er – nach kurzem Überlegen – den Pfropfen löst. Ganz arglos, ohne Bedingungen zu stellen, befreit er den jammernden Geist aus seinem Kerker. Glücklicherweise ist er vorausschauend genug, nicht etwa den Korken wegzuwerfen.

Offenbar hat der Geist schon mehrere Jahrhunderte in seinem gläsernen Gefängnis zugebracht. Er ist auch keineswegs unschuldig in diese

„Verdammnis" geraten, wie er später zugibt. »Denkst du, ich wäre aus Gnade da so lange Zeit eingeschlossen worden, nein, es war zu meiner Strafe, ich bin der großmächtige Merkurius.«

Die Gründe dafür lassen sich aus dem Märchen nicht ermitteln. Immerhin weiß der Geist ganz genau, dass er sich selbst diese Form der Bestrafung zugezogen hat. Es ist nicht erkennbar, was er sich hat zuschulden kommen lassen – und wer ihn für sein Vergehen bestraft hat. Auf jeden Fall sieht es nach „gerechter Strafe" aus. Nun scheint die Zeit der Bestrafung abgelaufen zu sein. In dieser Situation begegnet er erstmals einem Gegenüber, das imstande ist, sich seiner zu erbarmen. Dafür bedarf es mitfühlender Anteilnahme. Der Junge verfügt über eine sensible Wahrnehmung. Er ist eine integre Persönlichkeit mit Charakterstärke, Klugheit und Mut. Zwar ist er noch nicht erwachsen, aber es wird bereits deutlich, welche besonderen Fähigkeiten er besitzt. Sein Verstand ist geschult, sein Wesen „unverbildet". Seine offene, sensible Art zählen zu seinen Stärken. Aus allen diesen Gründen ist er prädestiniert für diese Befreiungsaktion. Ohne sein gesundes Selbstwertgefühl hätte er es wohl nicht gewagt, sich diesem gefährlichen Abenteuer auszuliefern. Woher nimmt er das Vertrauen und die Zuversicht, dass ihm nichts Böses widerfahren könne? Beruht sein Verhalten auf reiner Unerfahrenheit? Oder sind es seine „seelische Reinheit" und seine Lauterkeit, die ihn nicht davor zurückschrecken lassen, sich auf das Geistwesen einzulassen?

War es nicht leichtfertig von ihm, den Geist freizulassen?

Geschieht es nicht auch oft im realen Leben, dass wir uns spontan zu einem Tun hinreißen lassen, dessen Folgen wir nicht so schnell überblicken. Kurz danach bereuen wir es schon und stellen fest, dass wir uns innerlich haben überrumpeln lassen.

Kaum ist der Pfropfen entfernt, verwandelt sich das Froschwesen. Es entweicht durch die Enge des Flaschenhalses wie durch einen Geburtskanal und wächst ins Riesenhafte empor. Damit demonstriert es, wie „riesig", wie "übermächtig" es ist. Die vorangegangene Winzigkeit des

Froschwesens kompensiert der Geist nun durch „Riesenhaftigkeit". In der Überdimensionierung drückt sich „Übertreibung" aus und Macht. Der abstrakte Begriff von geistiger Freiheit wird auf Märchenebene optisch wahrnehmbar. Durch die Abwertung, die im „entsetzlichen Kerl" steckt, zeichnet sich die „Schattenthematik" ab. Die „fürchterliche Stimme" verstärkt rein akustisch das Bedrohliche, das von dem Dämon ausgeht, der sich als der „großmächtige Merkurius" vorstellt. Auf diese Weise möchte er seinen Retter einschüchtern. Aber das gelingt ihm nicht. Warum ist das so?

In dieser extremen Situation bewahrt der Junge seine Nerven, bleibt ruhig und gelassen. Offenbar lässt er sich weder von der Größe noch von der Drohung beeindrucken. Er bleibt furchtlos und behält einen klaren Kopf. Dadurch bleibt er reaktions- und handlungsfähig. Wie lässt sich das erklären?

An dieser Textstelle wird uns eine äußerst hilfreiche Lebenserfahrung deutlich. Der Märchenjunge zeigt uns, wie wichtig es ist, sich in einer kritischen Lage weder irritieren noch provozieren zu lassen. Stattdessen ist es notwendig, innezuhalten, Ruhe zu bewahren, nachzudenken, auf seine Intuition zu hören und erst dann zu handeln. Jeder, der diese Erkenntnis verinnerlicht, kann von ihr profitieren. Dadurch können schwerwiegende Fehler im Leben vermieden werden. Das Märchen vermag uns durch dieses Beispiel zu einer wesentlichen Einsicht bezüglich unseres Verhaltens verhelfen.

Der Junge hat Merkurius auf dessen dringenden Wunsch aus dem Glas befreit. Damit hat er eine gute Tat vollbracht. Er hat nach bestem Wissen und Gewissen gehandelt. Deshalb erschüttert ihn die fürchterliche Stimme nicht, auch nicht die Frage »Weißt du, was dein Lohn dafür ist, dass du mich herausgelassen hast?«

Dank hat der Junge für seine Hilfeleistung nicht erwartet. Er ist auch nicht enttäuscht. Aber als der Geist ruft „Den Hals muss ich dir dafür brechen", wundert er sich schon.

Sein Mitleid dürfte inzwischen verflogen sein. Er scheint seelisch vollkommen in sich selber zu ruhen und davon überzeugt zu sein, dass ihm der Geist keinen Schaden zufügen könne. Sein unerschütterliches Vertrauen auf sein „Beschütztsein" macht ihn innerlich so stark, dass ihm daran keine Zweifel kommen. Er sieht sich nicht in Gefahr. Wer sich so wohl behütet weiß, der ist in einer solchen Situation frei von Angst.

Ähnliches lässt sich mitunter bei kleineren Kindern beobachten, die sich in einer gefährlichen Lage vollkommen unerschrocken und ruhig verhalten, obwohl sie bedroht sind. Möglicherweise spüren sie intuitiv, dass ihnen nichts Schlimmes passieren wird, weil sie sich von ihrem Schutzengel behütet wissen. Sie bleiben ganz gelassen, bis sie aus der Gefahr gerettet werden.

Hier im Märchen treffen zwei Figuren aufeinander, die gegensätzlich gepolt sind und deswegen zueinander gehören. Dieser seelisch starke, furchtlose Junge ist diesem uralten Geistwesen gewachsen, weil er seelisch ausgeglichen und im Einklang mit sich selbst handelt. Und nur *er* ist es, der den Geist zur Räson bringen kann. Er lässt sich von ihm nicht provozieren, er entwickelt keine Aggressionen, er lässt sich nicht einschüchtern, sondern vermag ihm sogar Paroli zu bieten. Denn es beginnt eine verbale Auseinandersetzung zwischen den beiden. Auf die Drohung des Geistes »den Hals muss ich dir dafür brechen«, antwortet der Junge: »Das hättest du mir früher sagen sollen, so hätte ich dich stecken lassen; mein Kopf aber soll vor dir wohl feststehen, da müssen mehr Leute gefragt werden«.

In seiner Argumentation führt der Junge dem Geist dessen Unfairness vor Augen und entlarvt sein Verhalten. Die positiven Energien des Jungen treffen auf die negativen Kräfte des Geistes.

Die Auseinandersetzung zwischen dem Geist und dem Jungen gestaltet sich als Kräftemessen, bei dem der Junge die Oberhand gewinnt. Dies gelingt ihm, weil er die Schwäche des Geistes erfasst und durchschaut hat. Er macht sich diese zunutze, indem er anzweifelt, ob er überhaupt der „rechte" Geist aus dem Glas sei. Damit provoziert er ihn gezielt und greift seine „Ehre" an. Nun glaubt der Geist in seiner riesenhaften Gestalt „beweisen" zu müssen, sich durch den Flaschenhals ins Glas zwängen zu können. Voller „Hochmut" sagt er: »Das ist eine geringe Kunst.« Hinter solcher Überheblichkeit und Arroganz verbirgt sich die Sorge, nicht genug Anerkennung oder Beachtung zu erhalten. Er fürchtet um seine Überlegenheit.

Wer so hochfahrende Vorstellungen von sich selbst hat, ist emotional verletzlich und deshalb angreifbar. Er achtet nicht auf die Falle, die in der Provokation steckt. Dies hat nicht nur für den Geist seine Gültigkeit, sondern lässt sich auf die menschlichen Verhältnisse übertragen.

An dieser Textstelle besteht eine Parallele zu dem Märchen „Der gestiefelte Kater". Als der Kater den Zauberer bei seiner Eitelkeit packt und ihn dazu herausfordert, sich in ein so kleines Tier wie eine Maus zu verwandeln, fällt der große Hexenmeister auf die Verführung herein, wiewohl er hätte wissen müssen, wen er in der Gestalt des Katers vor sich hat.

Kaum hat sich der Geist in sein langjähriges Gefängnis zurückbegeben, korkt der Junge die Flasche zu. Der Geist sieht sich „betrogen". Die einmalige Chance seiner Befreiung hat er vor lauter Anmaßung vertan. Welch ein selbst verschuldeter Reinfall!

Der Junge wirft die Flasche zu den Eichwurzeln zurück. Damit scheint für ihn die Begegnung mit dem Geist beendet. Das Märchen weist hier erneut eine Zäsur auf.

Ist alles wie zuvor?

6. Die Umkehr – Zeit zum Aufatmen

Nach der überstandenen dramatischen Begegnung mit dem „großmächtigen Merkurius" wirkt der Märchenjunge aufgeräumt und gefasst. Mit seiner raffinierten List ist es ihm gelungen, den Geist zur Rückkehr in die Flasche zu veranlassen. Das beruhigt ihn. Er hat entschlossen und verantwortungsvoll gehandelt, denn im Glas vermag der Geist keinen Schaden mehr anzurichten. Wer wie dieser eine solche Gefahr für sein Umfeld darstellt, indem er anderen nach dem Leben trachtet, hat sein Recht auf Freiheit verwirkt. Der Junge befindet sich im Einklang mit sich selbst. Dennoch verhält es sich so, dass er bei diesem Tun etwas von seiner Unvoreingenommenheit und Naivität eingebüßt hat. Wahrscheinlich ist es das erste Mal in seinem Leben, dass er eine so weitreichende, schwierige Entscheidung allein treffen musste. Dabei vertraute er seiner Geistesgegenwart und Findigkeit. Er ist ein hohes Wagnis eingegangen und hat es gemeistert. Darauf kann er stolz sein.

Die Flasche liegt am alten Platz. Die Mittagspause ist vorbei. Der Vater wartet auf seine Rückkehr. Es drängt die Zeit, die Baumfällarbeiten fortzusetzen.

Inzwischen hat auch Merkurius realisiert, welch ungeheure Chance er vertan hat. Sein Fehlverhalten scheint irreversibel zu sein. Eingesperrt in seinem gläsernen Gefängnis fragt er sich, warum er mit solchen überzogenen Drohgebärden auf seine Befreiung reagiert hat. Warum hat er nur mit seinem aufgeblasenen Hochmut eine unwiederbringliche Gelegenheit verspielt?

Das bereut er jetzt und kann es sich nicht verzeihen. Waren es die Enge des Glases und die Länge der Zeit, die in ihm einen so enormen Druck, eine solche innere Spannung aufgebaut haben, dass er mit einer solchen Überlegenheitsgeste auftrumpfen „musste"?

Wollte er zeigen, zu welcher Macht er fähig wäre?

Stellt sein Aggressionspotenzial eine Kompensation dar zum vorangegangenen Eingepferchtsein?

Wie konnte ihm, dem „großmächtigen Merkurius" nur ein so unsinniges selbstschädigendes Verhalten unterlaufen? Das ist ihm nun rätselhaft, aber er begreift seinen Fehler rasch. Ist es jetzt zu spät für solcherlei Einsicht und Erkenntnisse?

Wie wird sich von nun an seine Zukunft gestalten? Wie viele Jahre, Jahrzehnte oder gar Jahrhunderte wird er unbeachtet und verborgen in der Flasche verbringen müssen? Wann kann er mit einem Befreier rechnen, einem, der seine Rufe wahrnimmt und versteht?

Zeit mag er genug haben – im Gegensatz zu uns Menschen. Denn als Geist ist er unsterblich. Aber es wird „versäumte", „verplemperte", „ungenutzte" Zeit sein. Was ist sie ihm wert? Wie ergeht es ihm bei dieser Vorstellung?

Zeit, die für die Umsetzung von Ideen, Absichten und selbstgestellte Aufgaben nicht zur Verfügung steht, ist das nicht „verlorene" Zeit?

Er weiß ja, wie es ihm in der langjährigen Isolation ergangen ist. Hat er nicht lange genug gebüßt für die begangene Schuld? Ist sie nicht abgetragen? Er hat längst eingesehen, dass die erlittene Strafe rechtens war. Nun bereut er, dass er die Lebensbedrohung des Jungen in ihrer Wirkung zu hoch eingestuft und vollkommen überschätzt hat.

Denn der Junge blieb ganz unbeeindruckt und ungerührt von diesem Schauspiel. Was für ein Junge!

Jeder „normale" Junge hätte sich davon einschüchtern und erniedrigen lassen. Aber dieser Märchenjunge reagierte klug, gefasst und souverän. Er fühlte sich beschützt und unangreifbar. Jetzt hat *er* sein Schicksal in der Hand. Nur wenn es ihm, Merkurius, gelingt, den Jungen umzustimmen, kann er – vielleicht – seine Freiheit erhalten. Bei seiner ersten Freilassung hat er sie missbraucht. Das ist seine Schattenthematik.

Warum ist sie ihm so wichtig?

Merkurius möchte sie für seine Zwecke nutzen und auf seine Weise Einfluss ausüben. Deshalb bettelt er um sie „ach laß mich doch heraus, laß mich doch heraus." Seine Bettelei klingt unterwürfig. Er wiederholt die zweimalige Bitte, um an das Mitgefühl des Jungen zu appellieren.

Aber das hat er verwirkt. Alles Jammern und Wehklagen nützt nichts mehr. Darauf fällt der Junge nicht mehr herein. Er hat aus seiner Erfahrung gelernt. Das beweist seine Lernfähigkeit. Er lässt sich nicht erweichen. Mit einem „Nein" grenzt er sich klar und entschieden ab. Er hat seine Konsequenzen aus dem Erlebten gezogen. Das spricht für seine Intelligenz. Wenn es uns Menschen doch auch besser gelänge, aus einem leichtsinnigen Verhalten rechtzeitig die angemessenen Konsequenzen zu ziehen! Indem sich der Märchenjunge behauptet, wird deutlich, in welche Abhängigkeit Merkurius von ihm geraten ist. „Wer mir einmal nach dem Leben gestrebt hat, den lass ich nicht wieder los, wenn ich ihn wieder eingefangen habe." Damit hat er die böse Absicht des Geistes beim Namen genannt. Er hat die Gefahr durchschaut und gebannt. Warum sollte er sich nun noch einmal auf ein Risiko einlassen? Ihm ist klar, dass sein Trick, den Geist in die Flasche zu locken, kein zweites Mal funktionieren würde.

Auf der anderen Seite hat der Geist erkannt, welche klare Haltung der Junge einnimmt. Er überlegt, wie er ihn durch Zugeständnisse zu einer Verhaltensänderung bewegen könnte. Womit könnte er ihn locken?

Normalerweise üben Geld und Gut auf viele Menschen eine unwiderstehliche Anziehungskraft aus. Besitz ist ein Statussymbol. Er steigert das Ansehen. Deshalb sind Menschen oft bestechlich – oder verführbar. So glaubt der Geist, den Jungen mit einem Angebot „ködern" zu können.

„Wenn du mich freimachst, so will ich dir so viel geben, daß du dein Lebtag genug hast", sagt er.

Es mag verlockend klingen, mit einem Schlag alle finanziellen Sorgen los zu sein und der Armut zu entrinnen. Aber dieser Märchenjunge ist von besonderer Art. Er ist nicht materialistisch veranlagt, sondern verfolgt in seinem Leben idealistische Ziele. Er möchte noch sehr viel lernen, sich gleichzeitig weiterentwickeln, um aufgrund des eigenen Könnens seinen Lebensunterhalt zu bestreiten. Geld und Gut haben für ihn nicht die höchste Priorität. Durch diese Haltung hebt er sich von vielen Menschen ab. Er lässt sich von diesem Angebot in keiner Weise beeinträchtigen. Es berührt ihn nicht. „Nein", antwortet er, „du würdest mich betrügen wie das erste Mal." Der Junge hat das Vertrauen in den Geist verloren und will sich auf keinerlei riskante Versprechungen mehr einlassen. Verlorengegangenes Vertrauen lässt sich kaum wieder aufbauen, schon gar nicht in so kurzer Zeit. Das gilt nicht nur auf der Märchenebene, sondern auch für alle zwischenmenschlichen Beziehungen, im Berufsleben, im Handel und in der Politik. Deshalb ist es so wichtig, mit dem gewonnenen Vertrauen achtsam umzugehen. An dieser Stelle der Auseinandersetzung erreicht die Märchenhandlung einen Tiefpunkt. Der Junge ist zu keinerlei Zugeständnissen mehr bereit. Die Situation ist festgefahren. „Wer einmal lügt, dem glaubt man nicht", heißt ein Sprichwort. Er beharrt aus innerer Überzeugung auf seinem Standpunkt. Das zeugt von Willensstärke. Sein Selbstwertgefühl ist intakt. Er verhält sich gradlinig und möchte sich nicht verbiegen lassen.

Warum sollte er sich noch einmal täuschen lassen? Er will es nicht.

Wozu braucht er überhaupt den Geist?

Er ist intelligent, gesund, kraftvoll und voller Einsatzfreude. So traut er es sich zu, sein Leben auch ohne die Hilfe des Geistes ordentlich zu führen. Käuflich ist er jedenfalls nicht. Fließen ihm nicht bereits durch diese klare Haltung und Abgrenzung neue Energien zu? Er besitzt Charakterstärke, die ihm Achtung einbringt.

Wenn der Junge es nicht will, bleibt der Geist ein Gefangener. Ob er sich der großen Macht, die ihm in der Situation (Auseinandersetzung) zukommt, bewusst ist, muss offen bleiben. Auf jeden Fall hat er eine Position der Stärke erlangt und zeigt sich selbstbewusst.

Merkurius merkt, wie festgefahren die Lage ist. Die konträren Standpunkte stehen unvereinbar einander gegenüber.

Wenn es zu einer Lösung des Konflikts kommen soll, muss er, Merkurius, sich auf den Jungen zubewegen. Denn er möchte unbedingt seine Freiheit erlangen.

Was kann er tun, um den Jungen umzustimmen?

Dazu muss er glaubwürdig sein. Zudem braucht er eine neue Idee, einen Anreiz, der für den Jungen interessant sein kann.

So macht Merkurius in der aussichtslosen Situation einen neuen Vorstoß. Dabei „pokert" er hoch. Zugleich klingt eine leise Drohung in seinen Worten an, die von der unterschwelligen Aggression zeugt. „Du verscherzest dein Glück, ich will dir nichts tun, sondern dich reichlich belohnen." Der Geist bietet ihm an, für „sein Glück" zu sorgen.

Was bedeutet Glück?

Glück kann alle möglichen Lebensbereiche betreffen, sowohl die Versorgung mit materiellen Gütern als auch die Erfüllung anderer Wünsche, Vorstellungen und Bedürfnisse gehören dazu. Glück ist viel umfassender als sein finanzielles Auskommen zu haben. Es ist das bewusst erlebte Wohlbefinden, das mit großer Freude gepaart ist. Es ist an die Gefühle gebunden.

Was ist Glück, wenn man von den kurzfristigen erfreulichen Begebenheiten und glücklichen Zufällen absieht?

Glück beinhaltet für jeden etwas anderes. Je nach wechselnden Lebenslagen nimmt es verschiedene Ausdrucksformen an. Während der eine sein Glück in der Liebe, in der Familie oder im Umgang mit anderen erlebt, wäre es für den Todkranken vielleicht seine Spontan-Heilung und Genesung. Erfolge, Anerkennung in den verschiedensten Lebensbereichen können Glück bedeuten. Seine Erfüllung in sinnhaftem Tun zu finden, macht glücklich. Das, was der Mensch empfindet, unterliegt im Lauf seines Lebens ständigem Wechsel. Bedürfnisse, Wünsche und Vorstellungen ändern sich laufend. Gefühle sind Schwankungen unterworfen. Glücksgefühle lassen sich nicht festhalten.

Einem jungen Menschen bedeutet vielleicht ein kraftvoller, schöner Körper Glück, während es für einen alten Menschen der kluge Umgang mit seiner Lebenserfahrung und seinen Kenntnissen sein kann.

Glück ist wandelbar, es ist nichts Starres, Festgefügtes.

Je nach seinem Reifegrad, seinen Veranlagungen und welche Lebensziele der Mensch verfolgt, umfasst Glück etwas anderes.

Wenn Merkurius dem Märchenjungen Glück verheißt für den Fall seiner Befreiung, dann handelt es sich um ein außerordentlich wertvolles Angebot. Ein solches „Geschenk" bedeutet die Erfüllung verschiedener Träume und Sehnsüchte.

Glück ist nicht „käuflich" zu erwerben, weil es etwas Ideelles umfasst.

Gleichzeitig erhält er die Zusage für seine körperliche und psychische Unversehrtheit, ohne die er Glück nur bedingt erfahren könnte.

Merkurius hat offenbar eine innere Kehrtwende vollzogen. Er will seinen bösen Dämon und seine Aggressionen nicht ausleben – schon gar nicht gegen den Jungen richten, weil er sonst ein Gefangener bliebe. Er weiß, dass er nur unter der Prämisse aus der Flasche herauskommt, wenn er seine negativen Kräfte in positive wandelt und sich konstruktiv verhält.

Kann der Junge dem Geist diesmal trauen, ihm glauben?

Soll er es wagen, sein Angebot anzunehmen?

Vermutlich hätten viele an seiner Stelle nicht den Mut aufgebracht darauf einzugehen.

Es gibt keinerlei Garantien dafür, dass der Geist sein Versprechen diesmal halten wird. Woher soll der Junge wissen, dass der Geist eine innere Kehrtwende vollzogen hat?

Wie will der Geist wissen, worin das Glück des Jungen jetzt – und in Zukunft – bestehen wird und wie er es herbeiführen kann. Dazu wären geradezu hellseherische Fähigkeiten nötig.

Nach rein rationalen Gesichtspunkten lässt sich keine Entscheidung treffen. Also muss der Junge auf andere Weise eine Lösung des Problems finden. Dabei hört er auf seine innere Stimme. Dann gibt er sich einen Ruck und denkt: „Ich will's wagen". Er vertraut nicht in erster Linie der Zusage des Geistes, sondern vor allem seiner eigenen Intuition. Die ist höherwertig.

Er weiß sich beschützt und ist davon überzeugt, dass ihm kein Leid geschehen könne und keine Gefahr mehr von Merkurius drohe. Dieses Urvertrauen stärkt ihn. Er fühlt sich sicher wie von einer Schutzhülle umgeben.

Nach kurzen Überlegungen zieht er den Pfropfen aus der Flasche. Sogleich spielt sich zunächst das gleiche Schauspiel wie das vorangegangene Mal ab. Der Geist steigt auf und wächst ins Riesenhafte. Nun aber verhält er sich geläutert und wie verwandelt, denn um ein Haar hätte er sich diese lang ersehnte Befreiung verscherzt. Statt Drohungen zu äußern, kündigt er dem Jungen dessen „verdienten Lohn" an. Er schenkt ihm einen Lappen wie ein Pflaster und erklärt ihm, wie er damit Wunden heilen oder Stahl und Eisen in Silber verwandeln könne. Der Junge nimmt das Geschenk mit vorsichtigem, kritischem Bewusstsein an. Sofort probiert er die Wirksamkeit des Lappens aus. Er ritzt eine Baumrinde an und schließt die Wunde wieder mit dem Pflaster. Es funktioniert.

Der Geist hat Wort gehalten. Wie gut, dass der Junge auf seine Intuition gehört hat und sich von ihr leiten ließ. Sonst hätte er tatsächlich eine große Lebenschance verpasst.

An dieser Stelle des Märchens liefert uns der Märchenjunge einen Beweis dafür, wie wichtig es ist, auf seine innere Stimme Acht zu geben. Das erfordert wache Sinne. Wenn wir Menschen auf sie hören, können wir von ihr profitieren und unser Leben in verschiedenen Situationen in günstigere Bahnen lenken.

Damit endet die Begegnung des Jungen mit Merkurius. Sie nehmen Abschied voneinander. Der Geist bedankt sich für seine Freilassung und der Junge für das Geschenk. Der Geist fühlt sich erleichtert. Auch er hat einen wesentlichen Lernprozess durchgemacht. Seine aufgestauten Aggressionen und sein Zerstörungspotenzial hat er nicht an dem Jungen ausgelassen, sondern in eine konstruktive Verhaltensweise umgeformt. Dazu hat der Junge durch seine klare Abgrenzung und sein konsequentes, furchtloses Verhalten entschieden beigetragen. Der

Junge hat durch die Begegnung mit dem Geist eine Konfrontation mit den negativen, lebensbedrohlichen Kräften erlebt. Das hat ihm zu einer bewussten Einschätzung von Gefahren verholfen. Dadurch hat er seine Naivität und Unbedarftheit verloren, aber an Klarheit, Entschiedenheit und Willenskraft gewonnen. Das Märchen führt uns gewissermaßen im Zeitraffer die Entwicklung des Jungen vom Kind zum jungen Erwachsenen vor Augen. Dank seiner ausgeprägten intuitiven Fähigkeiten konnte er sich vor größerem Schaden bewahren und sein Glück annehmen. Dieser Märchenaspekt zeigt uns Menschen, dass eine tiefgreifende Lebenserfahrung für die eigene Weiterentwicklung mitunter bedeutsamer sein kann als theoretische Studien. Lernprozesse laufen eben nicht allein über den Kopf oder die Vernunft, wie es uns der Märchenjunge bewiesen hat. Heutzutage vermag die moderne Neurowissenschaft diesen Zusammenhang zu belegen.

7. Rückkehr zum Vater

Als der Märchenjunge nach der Begegnung mit dem Geist zum Vater zurückkehrt, ist er nicht mehr derselbe wie zuvor. Er ist innerlich gereift, seelisch gestärkt und finanziell unabhängig. Diese Veränderungen seiner Persönlichkeit wirken sich unmittelbar auf den Umgang mit dem Vater aus. Die Balance zwischen ihnen hat sich verschoben. Der Vater hat voller Ungeduld auf seinen Sohn gewartet und sich über sein Ausbleiben geärgert. Die Arbeit drängt. Zu lang ausgedehnte Pausen bedeuten Verdienstausfall. Das können sie sich bei ihrer Armut nicht leisten. Er ist enttäuscht über die saloppe Arbeitsauffassung, die Unzuverlässigkeit und den fehlenden Einsatz seines Sohnes. Seine hohen Erwartungen an ihn blieben unerfüllt. Darüber ist er frustriert und sehr wütend. Auf Märchenebene findet ein Vater-Sohn-Konflikt statt, wie es ihn so – oder so ähnlich – auch in der heutigen Zeit geben könnte. Es folgt eine Auseinandersetzung zwischen den beiden. „Warum hast du die Arbeit vergessen?", fragt er vorwurfsvoll. Der Ton ist schärfer geworden. Es ist ihm unverständlich, wie man so pflichtvergessen sein kann. Diese Nachlässigkeit steht im Gegensatz zu seinem eigenen unermüdlichen Fleiß, der oft bis an seine physische Leistungsgrenze geht. Das erwartet er auch von seinem Sohn. Er hat keinerlei Verständnis für Bummelei und mangelnde Ernsthaftigkeit. „Ich habe gleich gesagt, dass du nichts zustande bringen würdest." Darin klingt sein Vorurteil mit an, dass ein geistig geschulter Mensch für anstrengende körperliche Arbeit untauglich sei. Das sieht er nun bestätigt. Einerseits ist seine Reaktion zu verstehen. Aber andererseits sind negative Erwartungen gefährlich, weil sie sich realisieren können. Sie werden „herbeigeredet".

Der Junge lässt sich weder vom Zorn des Vaters anstecken noch seelisch aus der Ruhe bringen. Das ist auch gut so. Zudem scheint er sich frei von Schuldgefühlen zu sehen. Auf gar keinen Fall möchte er den Konflikt auf die Spitze treiben. „Gebt Euch zufrieden, Vater, ich will's nachholen." Aber gerade mit dieser Beschwichtigung provoziert er den Vater umso mehr. Er hofft, mit seinen jugendlichen Kräften das Versäumte schnell aufholen zu können. Wahrscheinlich glaubt er, dass das Pflaster ihm dabei behilflich sein könne. So bestreicht er damit die Schneide der Axt und schlägt kräftig zu. Aber das Eisen versilbert. Die Schneide verbiegt sich und ist nun für das Baumfällen unbrauchbar geworden. Es muss offen bleiben, ob der Junge mit der Reaktion gerechnet hat oder ob er die Wirkung des Lappens nur ausprobieren wollte. Ist er erstaunt über die magische Wandlung? Auf jeden Fall hat er auf diese Weise den Beweis dafür erhalten, dass der Geist kein leeres Versprechen abgegeben hat.

„Was habt Ihr mir für eine schlechte Axt gegeben?", sagt er. Will er den Vater provozieren? Oder will der Junge ihn mit dieser Bemerkung aufmerksam machen auf die zauberische Wirkung?

Der Vater ist erschrocken über die verbogene Schneide der Axt. Er weiß ja nichts von den Hintergründen des Geschehens. So denkt er in erster Linie an den materiellen Verlust und den daraus resultierenden Arbeitsausfall. Es handelt sich um eine geliehene Axt, die unbrauchbar geworden ist. So deformiert wie sie ist, muss sie dem Nachbarn ersetzt oder bezahlt werden. Dazu fehlt das Geld. Deshalb macht er seinem Sohn einen schweren Vorwurf: „Das ist der Nutzen, den ich von deiner Arbeit habe." Hinter der anklingenden Ironie steckt seine Verletztheit. Er sieht sich von seinem eigenen Sohn, auf den er so viel Hoffnung gesetzt hat, in zusätzliche Schwierigkeiten gebracht. Seine Enttäuschung ist groß. Denn er kann ja nicht ahnen, dass die Axt durch die Versilberung eine Wertsteigerung erfahren hat. Stattdessen sieht der Vater seine Existenz gefährdet. Das Geld ist so knapp, dass er sich keinen Rat weiß, wie er die „verschandelte Axt" bezahlen soll.

In diesem Generationskonflikt, wie er bezeichnend ist zwischen einem Vater und seinem pubertierenden Sohn, treffen zwei unterschiedliche Charaktere und Lebensauffassungen aufeinander. Bittere Armut hat den Vater zu größter Sparsamkeit veranlasst. Seine Lebensrealität ist von Nüchternheit, Entbehrung und Ernsthaftigkeit geprägt. Er empfindet sich bezüglich der Schulbildung gegenüber seinem Sohn benachteiligt. So grenzt er sich durch Bemerkungen wie „Dummbart" und „Studentenkniffe" von ihm ab. In seinen Minderwertigkeitsgefühlen klingt Bitterkeit mit an, die vorher nicht zu beobachten war. Indem er den Jungen abqualifiziert, glaubt er unbewusst, sich aufwerten zu können. Denn er verfügt über einen großen Erfahrungsvorsprung, Zuverlässigkeit und Tüchtigkeit. Aber gleichzeitig spürt er, wie unzureichend sein Selbstwertgefühl in dieser Situation ist. Argumentativ fühlt er sich dem Jungen unterlegen. So versucht er, ihn in die Enge zu treiben, indem er fragt: „Wovon willst du sie bezahlen? Du hast nichts, als was ich dir gebe." Damit macht er dem Jungen seine finanzielle Abhängigkeit bewusst. Welcher Jugendliche hört das schon gern? Wer möchte ein „belastender Kostgänger" sein?

Davon lässt sich der Junge jedoch nicht provozieren. Er ruht in sich selbst und bleibt gelassen. Eine so souveräne Verhaltensweise ist untypisch für sein Alter. Den Standpunkt seines Vaters hat er zur Kenntnis genommen. Doch er weiß, dass sich die Schneide der Axt zu Geld machen lässt. Deshalb lohnt es sich auch nicht, sich noch weiter herumzustreiten und im Wald zu bleiben, zumal die geliehene Axt als Werkzeug ausfällt.

Aber da er zum ersten Mal mit dem Vater in den Wald gegangen ist, findet er den Nachhauseweg nicht allein. Der Vater ist gekränkt. Er will weiterarbeiten. Da er so entnervt und gereizt reagiert, bittet der Junge ihn: „Geht doch mit mir". Er möchte die Wogen glätten und die Konfrontation auflösen. Durch seine Bitte wird der Vater noch einmal in die ihm vertraute Beschützerrolle gerückt. Darin kennt er sich aus. Inzwischen hat auch er sich überlegt, wie sich aus der verbogenen Schneide noch etwas Geld herausholen ließe. Er ahnt nichts von der Versilberung und dass die Axt von großem materiellem Wert ist. Der Vater hat eingelenkt. Die Wogen sind geglättet.

Die Fronten sind nun geklärt. Der Vater-Sohn-Konflikt entspannt sich. Der Sohn hat aufgrund seiner ruhigen und überlegenen Art seinen ersten Reifetest bestanden.

Auf Märchenebene haben wir an dieser Stelle ein exemplarisches Beispiel dafür erhalten, wie ein Streitgespräch zwischen einem Vater und seinem heranwachsenden Sohn abläuft. Dergleichen wäre so – oder so ähnlich – auch heutzutage denkbar. Beim Vater baut sich eine emotionale Spannung auf, weil seine zu hohe Erwartung an seinen Sohn enttäuscht wurde. Darüber ist er gekränkt. Zweifel an der Richtigkeit seiner Erziehung kommen auf. Es wird ihm schmerzlich bewusst, dass sein Sohn ihm nicht mehr blindlings in allem folgt oder sich seinen Vorstellungen und Ansprüchen unterwirft. Eine solche Erfahrung erleben Eltern dann oft als emotionale Niederlage. Sie glauben, bei ihrer Erziehung versagt zu haben. Das muss nicht der Fall sein. Tatsächlich verhält es sich so, dass sich der Jugendliche vom elterlichen Willen abkoppeln muss, wenn er seinen eigenen Lebensweg gehen will. Er muss lernen, seine individuelle Persönlichkeit auszubilden. Dazu gehört es u.a., seine Entscheidungen selbstständig zu treffen, sie umzusetzen und dafür – so nach und nach – die Verantwortung zu übernehmen.

So traurig diese Einsicht für Eltern sein mag, sie ist lebensnotwendig. Es geht ums Loslassen. Das ist ein langwieriger, oft schmerzhafter Ablösungsprozess für beide Seiten.

Indem der Märchenvater schließlich einlenkt, gelingt es ihm, sich mit der neuen Lebenssituation zu arrangieren. Das ist gut so. Denn das gegenseitige Einvernehmen bildet die Voraussetzung dafür, in Zukunft einander mit Achtung und Vertrauen zu begegnen.

8. Geglückte Lebenswende

Der Goldschmied in der Stadt bemisst den Wert der silbernen Schneide der Axt mit 400 Talern. Da er nicht so viel Geld im Hause hat, zahlt er dem Jungen 300 Taler aus. Den Rest bleibt er ihm vorerst schuldig. Zu Hause angekommen überreicht er dem Vater für die geliehene Axt des Nachbarn den doppelten Betrag, den sie kostet. Dafür kann sich dieser eine neue anschaffen und behält noch Geld übrig. Das dürfte ihn zufrieden stellen. Der Vater erhält 100 Taler, damit er frei von finanziellen und materiellen Sorgen leben kann. So ist er von seiner Armut erlöst und im vorgerückten Alter abgesichert. Das war ihm stets ein wichtiges Anliegen. Rentenversicherungen gab es in früheren Zeiten nicht. Der Junge erfüllt auf die Weise den Generationenvertrag. Damit entlastet er sein Gewissen und erweist sich gegenüber dem Vater als dankbar. Nun kann er sich um seine eigene Weiterentwicklung kümmern. Das restliche Geld behält er für sich. Denn er möchte weiterführende Schulen besuchen und Medizin studieren. Seine finanzielle Unabhängigkeit ist ein erster Aspekt des versprochenen Glücks.

Der Vater wundert sich natürlich über den plötzlichen Wohlstand und erfährt von seinem Sohn, wie er dazu gekommen ist. Beide können in Zukunft angemessen leben. Das ist beruhigend. Eigentlich hätte der Junge seinen Lebensunterhalt durch die Heilung von Kranken mithilfe des Pflasters verdienen können. Oder er hätte Eisen bzw. Stahl damit versilbert und dann veräußert. Auf weitere Studien hätte er verzichten können. Warum tut er es nicht?

Es würde den Jungen nicht befriedigen. Schon früh in seinem Leben hat es sich gezeigt, dass er sehr begabt ist. Seine außerordentliche Intelligenz will gefördert und sein Wissensdurst gestillt werden. Trotz der bisherigen Schulbesuche ist sein Bedürfnis nach geistigen Anregungen sehr lebendig. Nun hat er die Möglichkeit, sich frei von Geldsorgen und unabhängig von moralischen Verpflichtungen gegenüber dem

Vater fortzubilden. Das erfüllt ihn mit Freude. Dabei erfährt er Glück, das ihm der Geist aus der Flasche versprochen hat.

Der Junge ist selbstkritisch genug, um zu wissen, dass er noch nicht in allem vollkommen ist. Das heißt, er stellt höhere Ansprüche an sich selbst, die er realisieren möchte. Es genügt ihm nicht, die Patienten mit dem Pflaster zu behandeln, ohne zu verstehen, was da vor sich geht. Mit magischen Kräften zu heilen, mag faszinierend und erfolgreich zugleich sein. Aber der Märchenheld verfolgt ein höherwertiges Ziel. Intuitiv erkennt er, wie wichtig es wäre, die wissenschaftlichen Voraussetzungen zur Behandlung und Heilung von Patienten zu erwerben. Wie modern und zeitgemäß das Märchen diesbezüglich ist!

Den Anstoß dazu hat er vom Geist erhalten. Denn der Junge hat in seinem tiefsten Inneren gespürt, dass die Botschaft, die das Pflaster repräsentiert, genau im Einklang mit seinem Berufswunsch steht. Er möchte Arzt werden. Menschen zu heilen, sie von ihren Schmerzen und Leiden zu befreien und Leben zu retten, entspricht seinem „seelischen Bedürfnis". Dazu fühlt er sich berufen. Darin erkennt er seine Lebensaufgabe und Sinnerfüllung. Deshalb betrachtet er das Medizinstudium als unerlässlich. Er will so viel wie möglich über Krankheiten erfahren und möchte ihre Ursachen, Symptome, Verlaufsformen, Behandlungsmethoden und Gefahren kennen lernen. Er will wissen, welche Heilmittel es gibt, wie sie wirken, inwieweit sie helfen – oder auch nicht. Denn jeder Kranke reagiert individuell auf sie. Er möchte herausfinden, welche Komponenten an einer Erkrankung beteiligt sind. Krankheiten sind vielschichtig und multikausal. Kranksein beschreibt einen Zustand des Herausgefallenseins aus einem inneren Gleichgewicht. Die Köperfunktionen sind aus der Balance geraten. Dafür gibt es viele Ursachen. Sie zu therapieren ist keine Einbahnstraße und verlangt vom behandelnden Arzt neben einer hohen Fachkompetenz auch viel Einfühlungsvermögen, kombinatorisches Denken und Intuition.

Heilungsprozesse sind Wandlungsprozesse. Wenn die Ursache für eine Erkrankung gefunden wurde, ist der „Schlüssel" für eine Heilung naheliegend. Dann ist der Prozess eventuell „umkehrbar". Das herauszufinden weckt den „Forscherdrang" des Märchenhelden. Deshalb verfolgt er die Realisierung der Vision, die er von sich und seiner Zukunft hat. Er tut dies nicht zur eigenen Befriedigung oder aus Ehrgeiz und Eitelkeit, auch nicht darum, in der Welt anerkannt zu werden, sondern weil die Vorstellung, die er von sich selbst hat, die höchstmögliche Selbstverwirklichung beinhaltet. Diesem inneren Bedürfnis *muss* er folgen, weil es um die Erfüllung seines „Seelenauftrags" geht. Merkurius wusste darum. Mit dem Geschenk des Heillappens wollte er dem Märchenjungen die Chance zu dieser Realisierung geben. Das bedeutet großes Glück für ihn.

Dieses Märchen lehrt uns, sich stets darüber im Klaren zu sein, dass der Erwerb von Bildung und Ausbildung einen weitaus höheren Stellenwert besitzt als materielle Vorteile und viel Geld. Beides hätte der Märchenjunge in unbeschränktem Maße haben können, aber er war klug genug, auf kurzzeitige Vorteile zu verzichten zugunsten einer dauerhaften Lebenserfüllung.

9. Die Schattenaspekte im Märchen

Der Titel des Märchens weist auf die Schattenfigur des Jungen hin, den großmächtigen Merkurius. Der Name erinnert an den römischen Gott Merkur – oder an den gleichnamigen Planeten. Merkur war der antike Gott des Handels und Gewerbes. Er galt als Symbolgestalt des Wohlstandes und der Kaufmannschaft. Denn er war der Inbegriff des Gewinns. Zugleich war er der Gott der Diebe.

Der griechische Gott Hermes ist sein Vorläufer und seine Parallelgestalt. Hermes fungierte als Seelenbegleiter der Verstorbenen auf ihrer Reise ins Jenseits. Das Wort „hermetisch" leitet sich von seinem Namen ab. Der Geist in der Flasche ist ein Naturgeist und Dämon. „Hermetisch" abgeriegelt von den übrigen Menschen befindet er sich im gläsernen Gefängnis in einer Zwangslage. Als unscheinbares Froschwesen führt er ein Schattendasein. Zwar blieb ihm der Blickkontakt zur Außenwelt, aber in seiner Isolation war er ganz auf sich selbst bezogen. Er hatte viel Zeit zur Introspektion, aber der Freiheitsentzug führte zur Stagnation und Selbstbeschränkung. Dadurch wurden seine Energien blockiert. Sie stauten sich. Seine Handlungsfähigkeit war beschnitten, eine echte Entfaltung ausgeschlossen.

Märchenthemen sind aber solche, bei denen es um Entwicklung geht. Ohne Hilfe von außen hätte der Geist dazu keine Möglichkeit erhalten. Die bekommt er erst durch den Kontakt mit dem Jungen. Als sich dieser dem Glas nähert, weiß der Geist sofort, wie lebensnotwendig die Begegnung der beiden ist. Deshalb ist die Märchenhandlung darauf fokussiert. Sie gehören wie zwei entgegen gesetzte Pole zusammen und ziehen sich magnetisch an. Die eine Figur kann ohne die andere – und umgekehrt – nicht zu ihrer Erlösung und Erfüllung gelangen. Bei beiden geht es um eine „Schattenthematik".

Was bedeutet Schatten?

Im physikalischen Sinn entsteht überall dort Schatten, wo kein Licht hinfällt. Entsprechendes gilt für die menschliche Psyche. Alle abgelehnten, negativen und bedrohlichen Seiten gehören dazu. Mit seinen verdrängten, ungeliebten Persönlichkeitsanteilen – oder traumatischen Erfahrungen kann der Mensch nur schwer umgehen – oder sich mit ihnen identifizieren. Deshalb wehrt er sie ab. Er will nichts von ihnen wissen, weil sie ihn belasten. Meist ahnt er, dass sie vorhanden sind. Oder sie lösen Ängste aus. Mitunter drängen sie in Form von Albträumen ins Bewusstsein.

So wird auf der Märchenebene dieser liebenswerte, geradlinige Junge stellvertretend für uns Menschen mit seinem Schatten konfrontiert. Als der den Geist – nichts Böses ahnend – freilässt, hört er ihn sagen: „Weißt du, was dein Lohn dafür ist, dass du mich herausgelassen hast?" … „den Hals muss ich dir dafür brechen."

Der bis dahin wohl behütete Junge wird durch die Todesdrohung desillusioniert. Seine Naivität wird erschüttert. Das ins Riesenhafte übersteigerte Aggressionspotenzial des Geistes führt dem Jungen vor Augen, um welche ungelebten Kräfte es bei ihm geht. Bislang waren sie ihm unbewusst und unzugänglich. Nun treten sie in so übermächtiger Weise in Erscheinung, weil sie ihm fremd – und zugleich neu – sind. Er kennt sich nicht mit ihnen aus, aber sie gehören zu ihm. Zwar erlebt er sie in der Projektion, aber sie sind Bestandteil seines Wesens. Der Märchenjunge muss gewärtigen, dass sie ein Teil seiner selbst sind. Bemerkenswert ist es, dass er keine Furcht vor dem Dämon zeigt, der seinen Schattenanteil repräsentiert. Intuitiv „weiß" er das wohl. Auf keinen Fall will er sich von ihm vernichten lassen. Er stellt sich auf die bislang verborgenen Kräfte ein, will Zugang zu ihnen erlangen. Indem er sich mit ihnen auseinandersetzt, verlieren sie ihre Bedrohlichkeit. Durch diese Erfahrung gewinnt er die notwendige Einsicht in seine bisher unbewussten Wesensanteile. Dabei überwindet er seine Naivität und Unbedarftheit. Damit enden Kindheit und Jugend. Er begreift, dass die Aggressionspotenziale ihren Wert haben, wenn sie mit Klugheit genutzt und beherrscht werden. Sie stehen ihm dann im positiven Sinn zur Verfügung. Dem Jungen gelingt dies, indem er sehr geschickt und raffiniert den Merkurius dazu veranlasst, ihm zu zeigen, ob er der „rechte Geist" sei und in die Flasche passe. Dem Märchenjungen ist nach diesem Geschehen klar, dass Gefahren, Risiken und sogar Bösartigkeiten Bestandteil des Lebens sind. Von nun an weiß er ihnen zu begegnen. Mit dieser Erfahrung hat er einen entscheidenden „Lebenspraxistest" bestanden. Diese Lektion hat er nicht in den Schulen gelernt, sondern im dunklen Wald – im Reich des Unbewussten – ganz auf sich allein gestellt. Diesen „Bewusstwerdungsprozess" verdankt er der gefahrvollen Begegnung mit Merkurius.

Was der „böse Dämon" ihm gespiegelt hat, hat der Märchenjunge durchschaut. Was durchschaut ist, ist auflösbar und verliert viel von seiner Bedrohlichkeit. Er ist vorsichtiger, nüchterner und kritischer geworden. Sein Realitätsbezug hat sich verstärkt. Die Wahrnehmung und Kenntnisnahme seines Schattens verleihen ihm innere Stärke und ein gewachsenes Selbstbewusstsein. Wie im Zeitraffer hat er einen wesentlichen Reifungsprozess durchlaufen. Erst mit dieser inneren Klarheit vermag er nun seinerseits den wieder eingefangenen Geist zur Einsicht in dessen Fehlverhalten zu bringen.

Während beim Märchenjungen die Aggressionspotenziale im „Schatten" liegen, sind es beim Geist die positiven Kräfte. Die gilt es zu entfalten. Die entzogene Freiheit hat beim Geist zu einer „seelischen Verhärtung" geführt. Das konsequente Verhalten des Jungen zwingt den Geist zum Nachdenken und zu einem Sinneswandel. Er muss seine Maßlosigkeit und Destruktivität fallen lassen und sich auf seine konstruktiven Kräfte besinnen. Die ersehnte Freiheit kann er nur erlangen, wenn er sie mit Verantwortungsbewusstsein gepaart zum Einsatz bringt.

Beide Märchenfiguren haben sich durch die Erlösung ihres Schattens einander angenähert. Geist und Märchenjunge sind – gewissermaßen – „Eins" geworden. Das Prinzip von Annäherung durch Wandlung passt auf die Situation der beiden Märchenfiguren.

Wenn dieses Grundprinzip auf einer anderen Ebene angewendet wird, dann bedeutet es, dass bei jeder Kompromissfindung von beiden

Seiten Zugeständnisse gemacht werden müssen. Jede Seite muss von ihren Maximalforderungen abrücken, um zu einer Einigung gelangen zu können. Dies gilt auf politischer, beruflicher Ebene genauso wie in einer Freundschaft, Partnerschaft oder in einer Eltern-Kind-Beziehung.

Die Erfahrungen des Märchenhelden lassen sich auf uns Menschen übertragen. Solange der Mensch seine charakterlichen Mängel, seine seelischen Defizite, seine Schwächen und die Probleme aus Vergangenheit und Gegenwart verdrängt, sie unter Verschluss hält oder gar tabuisiert, führen diese abgespaltenen Persönlichkeitsanteile und negativen Erfahrungen ein Schattendasein – wie der Geist im Glas. Die abgekapselten Potenziale stehen dem Menschen nicht zur Verfügung. Im Gegenteil, sie können ihn behindern, einengen, ängstigen oder sogar gefährden. Vielleicht schämt er sich für seine Unzulänglichkeiten oder er wird durch sie in seiner Weiterentwicklung blockiert. Möglicherweise verwendet er viel Energie darauf, diese verdrängten Anteile zu deckeln, um seine positive Wirkung nach außen nicht zu schwächen. Aber es ist nicht gut, wenn sie in der Verdrängung bleiben. Sie fehlen der aktiven Lebensgestaltung. Der Mensch sollte genau hinsehen, um welche Erfahrungen oder Persönlichkeitsanteile es dabei geht. Es gehört Mut dazu, sich ihrer bewusst zu werden und sich mit ihnen intensiv auseinanderzusetzen. Nur dann kann er lernen, sie als Bestandteile seiner selbst oder zu ihm gehörig zu akzeptieren. Durch eine solche intensive Hinwendung vermag er sie aus ihrer Blockade zu befreien. Die befreiten Energien stehen ihm dann in konstruktiver Weise zur Verfügung und dienen seiner Weiterentwicklung. Im Einklang mit den „erlösten" Schattenaspekten erfährt er eine tiefe Befriedigung und Selbstannahme. Dabei erlebt er mehr Leichtigkeit und Freude. Dies beinhaltet so etwas wie „Lebensglück". Möglicherweise gelingt es ihm, seine Begabungen, Fähigkeiten und „Schwächen" für seine Berufung einzusetzen. Das wäre ein erstrebenswertes Ziel.

10. Märchen sind symbolische Geschichten

Ließe sich – auf einer anderen Ebene – der Geist im Glas nicht als Persönlichkeitsanteil des Märchenjungen betrachten? Denn *er* ist es, der den starken Drang verspürt, auf eigene Faust in das Dunkel des Waldes – also ins Reich des Unbewussten – vorzudringen. Es ist sein Bedürfnis, Vogeleier zu suchen. Das Ei gilt als umfassendes Symbol für den „Seelenkern". Zwar weiß der Junge noch nicht, wie er es erreichen kann, aber er möchte – unbewusst – zu seinem „Wesenskern" gelangen. Als er die Stimme des Geistes hört, vernimmt er seine eigene innere Stimme. Nur *er* versteht sie, als gehe es um *seine* Belange. Er merkt, wie brennend der Wunsch nach Freiheit geworden ist. Es drängt ihn danach. Was geschieht da in ihm? Mit diesem bisher verborgenen Teil seines Wesens kennt er sich nicht aus. Plötzlich steigen übermächtige Emotionen in ihm hoch und brechen sich Bahn. Sie sind ihm fremd. Gefühle von Zorn, Wut, Enge und Unzufriedenheit erfüllen ihn. Er fühlt sich eingesperrt, unterdrückt, abhängig und fremdbestimmt. Das löst Aggressionen aus, die solche Macht gewinnen, dass er sie nicht mehr steuern kann. Sie werden „riesig" und übermannen ihn. Für einen Augenblick fühlt er sich ihnen ausgeliefert und sieht sich von ihnen bedroht. Sie wollen – um ein Haar – von ihm Besitz ergreifen. Trotzdem hat er keine Angst. Der Geist ist sozusagen aus der Flasche. Nun ist er hellwach. Es wird ihm – allmählich – bewusst, was in ihm vor sich geht. Er will sich von diesen negativen Emotionen nicht beherrschen lassen. Das wäre Schwäche. Er kann es nicht zulassen, dass sie solche Macht über ihn gewinnen. Also muss er sie mäßigen, sie in ihre Schranken weisen, sie steuern. So gelingt es ihm, sie wieder dahin zurückzuführen, wo sie hergekommen sind. Damit ist die Gefahr, die von ihnen ausging, gebannt. Jedenfalls vorerst. Der Geist ist wieder in der Flasche.

Nach dieser dramatischen Erfahrung – Selbsterfahrung – ist nichts mehr wie zuvor. Er hat einen Einblick in seine eigenen Seelentiefen erlebt. Es ging um eine „Grenzerfahrung". Diesem bislang verborgenen Teil seiner selbst, seinem Schatten, ist er jetzt begegnet. Dabei ist ihm klar geworden, welche Energien darin stecken. Er möchte herausfinden, wie er sich diese kraftvollen Potenziale zugänglich machen kann, ohne Schaden zu erleiden. Sie sind ein Teil seines Wesens und gehören zu ihm. Das weiß er jetzt.

Wieder ist es seine innere Stimme, die ihn leitet. Diese starken Kräfte zu unterdrücken – oder sie gar wieder zu verbannen – wäre selbstschädigend. Nein, sie drängen ans Licht und „wollen" genutzt werden. Aber er muss behutsam mit ihnen umgehen. Vorsichtig muss er sie so leiten, dass sie ihn nicht noch einmal „überrollen". Intuitiv spürt er, wie diese innere Auseinandersetzung ihn mit Freude erfüllt. Seine Seele ist berührt. Selbstheilungskräfte erfassen ihn. Könnte er diese Kräfte nicht auch in den Dienst der Menschen stellen? Wie wäre es, wenn er Arzt würde? Seine Seele weiß, was gut für ihn ist. Allein die Vorstellung, Menschen heilen zu wollen, macht ihn glücklich. Das ist sein Weg und sein Ziel. Er sieht sich eingebettet in das universale Sein.

11. Die geistige Befreiung

Man könnte meinen, dass „Der Geist im Glas" in erster Linie ein Märchen ist, in dem die Freiheit thematisiert wird. Denn der Geist möchte um jeden Preis sein gläsernes Gefängnis verlassen können. Durch eigenes Verschulden, wie er selbst zugibt, ist er in die Flasche gebannt worden. Der Jahrhunderte dauernde Freiheitsentzug hat sein Wesen geprägt und verändert. Der Freiheitsverlust signalisiert, wie groß der Druck ist, der sich in seinem Inneren aufgebaut hat. Die eingeschränkte Bewegungsfreiheit in der Raumenge der Flasche, der fehlende Austausch von Gedanken und Gefühlen, die vollkommene Isolation in seiner „Einzelhaft" abseits von den übrigen Menschen zwangen ihn dazu, sich nur mit sich selbst zu beschäftigen. Ohne jegliches Korrektiv, ohne Zuwendung von außen blieb er auf sich selbst beschränkt.

Das ist eine ganz andere Situation als die eines Emeriten, der sich frei-willig von allem zurückzieht, um beim Alleinsein zu sich selbst zu finden. Der Geist in seiner Zwangslage ist auf Dauer dem Druck von Einengung und Selbstbeschränkung ausgesetzt. Das macht ihn unzufrieden. Alles, was er tun möchte, ist blockiert. Er kann sich nicht entfalten. Daraus resultieren innere Spannungen, die sich nicht entladen können. Es entsteht ein Gefühlsstau. Die negativen Emotionen steigern sich und entwickeln einen Überdruck. Der kann nicht durch ein Ventil entlastet werden. Die Unzufriedenheit gipfelt in Unausgegorenheit. Der Geist „schmort" gewissermaßen im eigenen Übermaß seines negativen, destruktiven Gefühlspotenzials. Die fehlenden Kontakte mit anderen verhindern die Ausbildung positiver Emotionen. Mit der Zeit sind die vollkommen unterentwickelt und werden von den negativen Kräften überlagert. Irgendwann verkümmern sie und geraten in Vergessenheit. Sie „sterben" und ruhen unentdeckt – wie tot – in einer unbenutzten Schublade. In seinem Unterbewusstsein verborgen führen sie nur noch ein Schattendasein. Vergleichbares geschieht, wenn zum Beispiel ein Kind von seinen Eltern mit brutaler Härte erzogen wird. Wenn es an emotionaler Kälte leidet und in ein System von Einschüchterungen, Drohungen und Schlägen eingesperrt ist, gegen die es wehrlos ist, dann erlebt es extreme Ängste. Die radikalsten Verhältnisse behindern und blockieren normale Außenkontakte. Es ist verstört und vollkommen fremdbestimmt. Seine Entwicklungsmöglichkeiten sind äußerst beschränkt und einseitig. Die negativen Erlebnisse prägen die kindliche Psyche. Die positiven Gefühle, Lust und Freude, sind ins Abseits gedrängt und von den negativen Emotionen überlagert.

Nur wenn das Kind zu einem späteren Zeitpunkt im Leben die Chance erhält, sich mithilfe einer intensiven Psychotherapie seine verborgenen positiven Wesenszüge zu erschließen, kann es eventuell wieder gesunden. Es muss die verdrängten, unbewussten Emotionen mit den bewussten in Einklang bringen. Diese Balance herzustellen dürfte ein langwieriger, schwieriger Prozess werden.

Auf Märchenebene gelingt ein solcher Ausgleich gewissermaßen im Zeitraffer. Der Märchenjunge „therapiert" den Geist, indem er dessen Selbstüberschätzung als Schwäche entlarvt und ihn zur Rückkehr ins Glas veranlasst. Wieder in der Flasche kann sich der Geist entscheiden. Entweder muss er für „ewige" Zeiten die Isolationsstrafe erdulden – oder er muss sich auf die verdrängten positiven Seiten seines Wesens besinnen. Der rein äußerliche Freiheitsentzug steht in einer engen Relation zu seinen abgekapselten, ihm entfremdeten Wesensteilen. War er denn immer schon so böse? So vergiftet? In der dringend erforderlichen Besinnungspause rührt sich etwas in seinem Inneren, was er so lange vergessen hatte. Was drängt da ans Licht, will ins Bewusstsein? Er hört in sich hinein. Worum geht es? Es spielt sich ein innerer Kampf ab zwischen den mächtigen, destruktiven Kräften und den leisen, zarten Emotionen. Es ist ein inneres Ringen. Aber eines weiß er genau. Wenn er die Flasche je verlassen können will, muss er eine Kehrtwende vollziehen. Mit seinen negativen Aggressionen wird er beim Jungen kein Gehör finden. Geld will der nicht. Damit kann er ihn nicht ködern. Also – womit sonst? Erst in seiner höchsten Not und inneren Bedrängnis melden sich die positiven Kräfte stärker. Helfen und Heilen. Ja – da liegt's. So wie der Geist diesen Gedanken, diese Idee zulässt, gewinnt er an Stärke. Er ist – plötzlich – von dieser Idee ganz erfüllt und überzeugt. „Du verscherzest dein Glück", sagt er zum Jungen. Zunächst ist es ihm nicht bewusst, dass es dabei um sein eigenes Glück geht. Die Botschaft an den Jungen gilt für ihn selbst. Denn um ein Haar hätte er sein eigenes Glück verscherzt, wenn er diese positive Seite seines Wesens nicht wieder entdeckt und sie zugelassen hätte. Es ging um diese innere Befreiung – seinen Befreiungsschlag. Die widerstreitenden Kräfte in seinem Inneren musste er ausbalancieren, um seine eigene Selbstbefreiung zu erlangen. Denn er wollte wieder heil und ganz werden.

Der Junge ist hochintelligent und intuitiv. Er begreift schnell, dass er für das in Aussicht gestellte Glück offen sein und es annehmen muss.

Nach der erneuten Freilassung des Geistes erhält er den Heillappen als Geschenk. Der ist ein Ausdruck und zugleich Symbol für ihrer beider Heilungsprozess. Denn nun haben beide, der Geist und der Märchenjunge, ihren Selbstheilungsprozess erfolgreich vollzogen. Sie haben ihre verborgenen Wesensanteile aus der Verdrängung befreit und in ihre Persönlichkeit integriert. Wer selbst heil und gesund geworden ist, vermag auch andere zu heilen, wenn er über die erforderlichen medizinischen Kenntnisse verfügt. Oder er kann anderen dabei helfen, ihre Selbstheilungskräfte zu aktivieren. Denn es geht darum, möglichst sein „eigener innerer Arzt" zu werden!

12. Jetzt ist der Geist aus der Flasche

Die sprichwörtliche Redewendung „Jetzt ist der Geist aus der Flasche" umfasst ein großes Spektrum an Bedeutungen. Sie ist viel bekannter als das Märchen, von dem sie hergeleitet ist. Sie findet überall dort Anwendung, wo eine Idee, ein Gedanke oder gar ein Tabu lange Zeit unter Verschluss gehalten worden ist. Die Gründe dafür können sehr verschieden sein.

Eine eher banale Form beinhaltet ein „Versprecher". Der rutscht einem ungewollt und unbeabsichtigt eben mal so heraus. Für den Betroffenen kann das dennoch sehr unangenehm, möglicherweise sogar peinlich sein. Einmal gesagt, ist er nicht mehr rückholbar, gleichgültig, ob nur ein Mensch – oder viele – ihn gehört haben. Die Folgen müssen ausgehalten werden.

Problematischer verhält es sich meist mit einer „Freud'schen Fehlleistung". Sie ist nach dem österreichischen Arzt und Psychotherapeuten Sigmund Freud (1856-1939) so benannt. Versehentlich wird etwas gesagt, was auf keinen Fall geäußert werden sollte. Blitzartig und unkontrolliert bricht sich ein Gedanke aus dem Unterbewusstsein Bahn, der in seinem Wahrheitsgehalt unbedingt geheim gehalten werden sollte. Ein solcher Fall liegt vor, wenn zum Beispiel ein Nachrichtensprecher im Zusammenhang mit einem Grenzkonflikt – wo auch immer – sagt, dass „Mördergranaten" zum Einsatz gekommen seien, obwohl „Mörsergranaten" gemeint waren. Diese Freud'sche Fehlleistung macht deutlich, was der Nachrichtensprecher von dieser Art Waffen hält und wie gefährlich sie tatsächlich sind.

Noch gravierender wäre eine solche Fehlleistung, wenn durch sie eine geheime Information an den politischen Gegner verraten worden wäre. Oder wenn auf höchster diplomatischer Ebene es auf diese Weise zu einem Tabubruch kommt, so dass genau das zum Vorschein gelangt, was um jeden Preis geheim gehalten werden sollte. Alle diese Beispiele zeigen, dass solcherlei Fehlleistungen schlimme Folgen nach sich ziehen.

Kleine Kinder neigen mitunter in ihrer Naivität dazu, genau das zu sagen, was ihre Eltern auf gar keinen Fall an die Öffentlichkeit dringen lassen wollten. Dadurch entsteht gewöhnlich eine äußerst unangenehme Situation.

Ein besonders anschauliches Beispiel liefert das bekannte Märchen „Des Kaisers neue Kleider" von Hans Christian Andersen. Betrüger kommen zum kaiserlichen Hof und geben sich als Weber und Künstler ihres Fachs aus. Sie sollen Stoffe von feinster Qualität anfertigen, die in Wirklichkeit gar nicht existieren. Daraus werden Kleider für den Kaiser genäht. Als sich der Kaiser darin bei einem Fest in der Öffentlichkeit zeigt, ruft ein kleines Kind: „Aber er hat ja gar nichts an!"

Damit ist das Tabu gebrochen. Die Künstler sind entlarvt. Der Geist ist aus der Flasche. Ein unverbildetes Kind spricht aus, was alle gesehen und gewusst haben. Es bringt die Wahrheit ans Licht, wozu sich niemand getraut hat.

Das gesprochene Wort ist – wie andere Emissionen auch – einmal aus der Flasche gelassen, in der Welt. Es gibt keine einzige Möglichkeit, einen einfachen Versprecher, eine verbale Fehlleistung, einen Verrat oder eine Drohung ungeschehen zu machen. Selbst wenn die Peinlichkeit, die Reue oder gar der Skandal groß ist, das Geschehen ist meist irreparabel. Entschuldigungen oder Korrekturen unterstreichen das fehlgesteuerte Verhalten. Sie mildern es kaum. Vergleichbares geschieht mit Ideen, die in Umlauf geraten. Einmal ausgesprochen – oder ins digitale Netz gestellt – können sie sich in Windeseile wie bei einem Schneeballsystem verbreiten, gleichgültig, ob sie positiv oder negativ sind. Sobald sie einen gewissen Rückhalt und Akzeptanz in der Gesellschaft erlangt haben, sind sie „machtvoll" und unberechenbar. Relativ schnell kann auf die Weise die Ansicht einer Minderheit zur Mehrheit werden. Aus der Geschichte wissen wir, dass Ideen Revolutionen herbeiführen können. 1789 veränderten die drei Worte „Liberté, Egalité, Fraternité" (Freiheit, Gleichheit, Brüderlichkeit) die französische Gesellschaft.

Ein Beispiel aus der jüngsten deutschen Vergangenheit belegt, wie sich ein Satz als Slogan entpuppte bei den Leipziger Montagsdemonstrationen. „Wir sind das Volk" skandierten die Menschen und bewirkten auf friedliche Weise den Sturz der DDR-Diktatur. Die Ära eines überholten Regimes ging zu Ende. Mit diesem Satz wurde Geschichte geschrieben. Der Geist war aus der Flasche und ließ sich durch nichts und niemanden wieder einfangen.

Weltweit kommt es immer wieder zu großen Umwälzungen. Wenn zum Beispiel in einem Staat verschiedene Freiheiten zu stark eingeschränkt und diese gedeckelt werden, entsteht mit der Zeit ein Gegendruck. Je größer der äußere Druck, desto größer wird der Innendruck. Wenn Unterdrückungen gar mit harten Strafen, Gewalt, Folter und Verfolgungen durchgesetzt werden, wachsen in der Bevölkerung die Aggressionen, die sich mit der Zeit steigern. Sobald es einen äußeren Auslöser gibt oder wenn die Machthaber schwächeln, dann drängen andere Vorstellungen hervor. Der Wunsch nach Willens- und Gedankenfreiheit bricht sich Bahn. Gewöhnlich verläuft ein solcher Umsturz nicht ohne Blutvergießen. Neue Ideen verbreiten sich wie ein Lauffeuer und vernetzen sich. Sie sind schnell in aller Munde und nicht mehr umkehrbar. Dann ist die Zeit für einen gesellschaftlichen Umbruch gekommen.

Die Sterntaler

– Grimm –

Märcheninterpretation

Inhaltsverzeichnis

Zur Entstehungsgeschichte	65
Der Märchentext: „Die Sterntaler" (Grimm)	66
1. Ausgangssituation	67
2. Rückblick auf die Kindheit	69
3. Die Lebenszäsur	72
4. Der Weg hinaus	75
5. Himmlischer Lohn	79
6. Geld – und andere Werte	83
7. Schlussbetrachtungen	87

Zur Entstehungsgeschichte

Eine knappe Notiz in Jacob Grimms Handschrift von 1810 weist auf „Armes Mädchen" hin. 1812 hat er aus „dunkler Erinnerung" das Märchen aufgeschrieben. Es steht in einer Beziehung zu Jean Pauls Roman „Die unsichtbare Loge" (1793) und zu Achim von Arnims Novelle „Die drei liebreichen Schwestern und der glückliche Färber" (1812).

Zunächst erschien das Märchen unter dem Titel „Das arme Mädchen" als Nr. 83 der „Kinder- und Hausmärchen". Erst in der 2. Auflage von 1819 wurde es mit dem Titel „Die Sternthaler" als Nr. 153 der KHM im Reimer Verlag in Berlin veröffentlicht.

In G. Büchners Drama „Woyzeck" (1836/1837) erzählt die Großmutter eine Geschichte, die zwar an Sterntalers Ausgangslage erinnert, aber Züge eines nihilistischen Weltbildes aufweist.

Auch „Das kleine Mädchen mit den Schwefelhölzchen" von Hans Christian Andersen stellt eine gedankliche Verbindung zum Sterntalermädchen her, aber das arme Mädchen in Andersens Märchen stirbt in der winterlichen Kälte.

Die Sterntaler

Es war einmal ein kleines Mädchen, dem war Vater und Mutter gestorben, und es war so arm, dass es kein Kämmerchen mehr hatte, darin zu wohnen, und kein Bettchen mehr, darin zu schlafen, und endlich gar nichts mehr als die Kleider auf dem Leib und ein Stückchen Brot in der Hand, das ihm ein mitleidiges Herz geschenkt hatte. Es war aber gut und fromm. Und weil es so von aller Welt verlassen war, ging es im Vertrauen auf den lieben Gott hinaus ins Feld. Da begegnete ihm ein armer Mann, der sprach: „ach, gib mir etwas zu essen, ich bin so hungrig." Es reichte ihm das ganze Stückchen Brot und sagte: „Gott segne dir's", und ging weiter. Es kam ein Kind, das jammerte und sprach: „Es friert mich so an meinem Kopfe, schenk mir etwas, womit ich ihn bedecken kann." Da tat es seine Mütze ab und gab sie ihm. Und als es noch eine Weile gegangen war, kam wieder ein Kind und hatte kein Leibchen an und fror; da gab es seins; und noch weiter, da bat eins um ein Röcklein, das gab es auch von sich hin. Endlich gelangte es in einen Wald, und es war schon dunkel geworden, da kam noch eins und bat um ein Hemdlein, und das fromme Mädchen dachte: „es ist dunkle Nacht, da sieht dich niemand, du kannst wohl dein Hemd weggeben", und zog das Hemd ab und gab es auch noch hin. Und wie es so stand und gar nichts mehr hatte, fielen auf einmal die Sterne vom Himmel und waren lauter harte blanke Taler: und ob es gleich sein Hemdlein weggegeben, so hatte es ein neues an, und das war vom allerfeinsten Linnen. Da sammelte es sich die Taler hinein und war reich für sein Lebtag.

1. Ausgangssituation

Märchen sind symbolische Geschichten. Das wird an dem vorliegenden Beispiel besonders deutlich. Denn in ihnen wird ein Lebensthema- oder auch mehrere so überhöht dargestellt, dass wir daraus wichtige Erkenntnisse gewinnen können. In diesem Märchen ist das Geschehen auf die materielle Armut fokussiert, die in vielen Märchen eine Rolle spielt. Denn dabei handelt es sich um ein elementares Problem der Menschen. Erst am Ende der Märchenhandlung gilt die Armut durch die vom Himmel fallenden Sterntaler als überwunden, die zugleich die Namensgebung des Märchens bestimmen.

Im Mittelpunkt des Märchengeschehens steht ein Mädchen, dessen Alter nicht genannt wird. Es hat einen schweren Schock erlitten – und ihn zu verkraften. Denn seine Eltern sind gestorben. Vermutlich ist das unerwartet geschehen – ohne große Vorankündigung. So bleibt es allein zurück. Da es keine weiteren Geschwister oder Anverwandte hat, ist es vollkommen entwurzelt. Schlagartig ist es auf sich selbst gestellt und muss mit der neuen Lebenssituation allein fertig werden. Unabhängig von seinem tatsächlichen Lebensalter ist damit seine Kindheit abrupt beendet. Es verliert nicht nur die Zuwendung seiner Eltern, sondern auch seine Versorgung, Sicherheit und sein Zuhause. Denn es hat kein Anrecht, in seinem Elternhaus nach deren Tod wohnen zu bleiben. Ohne ein Dach über dem Kopf zu haben, ohne den Schutz einer Unterkunft, ist es den Unbilden der Natur und des Wettergeschehens ausgeliefert, aber auch den Gefahren, wie zum Beispiel den Übergriffen anderer. Auf einen solchen Schicksalsschlag ist das Mädchen nicht vorbereitet. Der Kindheitstraum von liebevoller elterlicher Versorgung ist ausgeträumt. Mittellos, elternlos und obdachlos bleibt es zurück. Es besitzt nur noch die Kleider, die es gerade am Leib trägt, und ein Stück Brot, das ihm geschenkt worden ist.

Im realen Leben würde in unserer Gesellschaft ein solches Waisenkind vom Jugendamt betreut und wohl in einem Waisenhaus untergebracht werden. Eventuell würde es in eine Pflegefamilie vermittelt.

In solchen Gebieten der Erde, wo Kriegswirren oder Hungersnöte herrschen und dadurch ein unüberschaubares Chaos ausgebrochen ist, wäre es denkbar, dass Waisenkinder – wie dieses Märchenkind – sich unversorgt allein überlassen blieben und sich irgendwie durchschlagen müssten. Auch manche Aidswaisen in Entwicklungsländern ereilt ein vergleichbares Schicksal. Die Gefahr der Verwahrlosung ist dann groß.

Die Ausgangssituation für das Märchenkind ist in hohem Maß belastend und deprimierend. Nüchtern betrachtet hat es kaum eine Überlebenschance. Denn es befindet sich in einer Grenzsituation. An diesem Beispiel führt uns das Märchen gleich zu Beginn vor Augen, wie risikoreich menschliches Leben ist. Es zeigt uns, dass es keinerlei Garantien für die Sicherheit unserer Existenz gibt. Die menschlichen Lebensverhältnisse sind äußerst fragil. Das, was wir mitunter als stabil und fest gefügt ansehen, kann schnell zerbrechen und uns über Nacht in einen Abgrund stürzen.

Wenn es sich bei dieser Märchenfigur um ein reales Mädchen handeln würde, läge es nahe, dass es an seiner Lebenssituation verzweifelte. Aber genau das geschieht bei dem Sterntalermädchen nicht.

Warum nicht?

2. Rückblick auf die Kindheit

Der Märchentext gibt keinerlei Auskunft über die ersten Lebensjahre des Märchenkindes von seiner Geburt bis zum Tod der Eltern. Dennoch lässt sich – bis zu einem gewissen Grad – aus dem weiteren Verlauf der Märchenhandlung erschließen, welche besonderen Einflüsse seine Kindheit bestimmt haben. Denn die Tatsache, dass es zwar traurig und mit einem Gefühl des Verlassenseins, aber doch mutig und unverzagt seinen Weg in die unbekannte Zukunft antritt, ist bezeichnend für das Mädchen. Seine gesunde Psyche deutet darauf hin, dass es gute Erbanlagen von seinen Eltern mitbekommen hat und deren Erziehung gelungen ist.

Wie mag diese ausgesehen haben?

Vermutlich ist das einzige Kind der Märcheneltern als Wunschkind geboren worden. Vielleicht haben sie sogar eine längere Zeit darauf warten müssen. Umso größer war dann ihre Freude über seine Geburt. Ihr Familienglück schien dadurch vollkommen zu sein. Sie schenkten ihm große Aufmerksamkeit und Liebe und waren ihm herzlich zugewandt. Sie versorgten es mit allem Notwendigen. In solcher Nestwärme und Geborgenheit fühlte sich ihr Kind wohl behütet. Es gedieh seelisch und körperlich zu ihrer vollen Zufriedenheit und entwickelte Urvertrauen. Dadurch blieb es von Ängsten und Kümmernissen weitgehend verschont. Die freie Entfaltung ihres Kindes war den Eltern eine Herzensangelegenheit. Spielerisch durfte es seine kindlichen Vorstellungen und Ideen einbringen und konnte seinen eigenen Willen entfalten. Es sollte sich weder „verbiegen" noch unterwerfen, sondern seine Eigenständigkeit bewahren. Auf unnötige Reglementierungen, Druckausübung und Einschränkungen verzichteten sie deshalb. Sie zeigten ihm Grenzen auf, ohne es wesensfremd zu konditionieren oder es zu bestrafen. Denn sie wollten seine natürliche Persönlichkeit erleben. Deshalb brachten sie vermutlich genug Verständnis für seine Bedürfnisse, Eigenarten und Besonderheiten auf und ließen es gewähren.

Das heißt jedoch nicht, dass sie ihr Kind vor allen Schwierigkeiten und Gefahren bewahrt hätten. Dann hätte es nicht lernen können, wie es mit Problemen oder Misserfolgen umzugehen hätte. Wenn ihm etwas misslang, so wurde es vermutlich dazu angehalten, andere Lösungen zu finden. Es gehört zu den Aufgaben der Erziehung, Kinder möglichst selbstständig und spielerisch Problemlösungen suchen zu lassen, weil sie sonst im späteren Leben scheitern würden. Das Prinzip „trial and error" ist hilfreich, weil die Kreativität dadurch angeregt wird. Es ist sehr wahrscheinlich, dass die Märcheneltern ihrem Kind Anregungen und Impulse gaben, damit es seine Fähigkeiten ausbauen konnte. Über Entwicklungsfortschritte freuten sie sich vermutlich, wie es fast alle Eltern tun. Statt unnötige Kritik zu üben, lobten sie es, um es bei seinen Fortschritten zu bestärken. So konnte es unbeschwert und sorgenfrei aufwachsen, ohne dass es in seiner Persönlichkeitsentfaltung eingeschränkt wurde. Dadurch erlangte es ein gesundes Selbstwertgefühl und Selbstsicherheit. Es lernte, sich etwas zuzutrauen, und merkte, wie es in seinen Bemühungen ernst genommen wurde. Dadurch ruhte es in sich selbst und war seelisch ausgeglichen. Dank des intakten Familienlebens erwarb es seine soziale Kompetenz, Mitgefühl und Empathie. Wer das Glück hat, in liebevoller Atmosphäre aufzuwachsen, die von gegenseitigem Wohlwollen und Achtung getragen wird, vermag sich selbst anzunehmen und zu sich zu stehen. Er lernt Vertrauen und Verantwortungsbewusstsein kennen und damit umzugehen. Das elterliche Vorbild, das von Frömmigkeit und christlichen Werten bestimmt war, verlieh dem Märchenkind seine Werteorientierung, die zur Richtschnur seines weiteren Lebens wurde. Wenn jemand als Kind seine natürlichen Bedürfnisse befriedigen darf und darin gefördert wird, seine Fähigkeiten und Begabungen auszubilden, seine Stärken auszubauen und seine Schwächen als solche zu erkennen lernt, der ist mit wertvollen seelischen und geistigen Potenzialen ausgestattet, um den späteren Herausforderungen des Lebens gewachsen sein zu können.

Selbst wenn wir bei diesem Märchenkind die elterliche Erziehung als geglückt betrachten können, weil es sich nach dem Verlust der Eltern selber treu bleibt, so vermissen wir dennoch bei ihm einen gesunden Egoismus. Es grenzt sich nicht genügend ab gegenüber den Wünschen und Ansprüchen der anderen. Dabei gerät es in die Gefahr sich selber aufzugeben. Es achtet zu wenig auf sein eigenes Wohlergehen. Wem wäre – auf menschliche Verhältnisse übertragen – damit gedient, wenn ein hilfreicher Mensch vor lauter Altruismus an den Rand der Selbstaufgabe geriete? Im realen Leben wäre das problematisch. In der Märchenwelt kann es gelingen.

3. Die Lebenszäsur

Nach dem Tod der geliebten Eltern beginnt für das Sterntalermädchen ein neuer Lebensabschnitt. Von nun an ist es aufgefordert, sich auf seinen eigenen individuellen Lebensweg zu begeben. Zu diesem Zeitpunkt ist noch nicht absehbar, wohin der es führen wird und welche Bestimmung es hat.

Trotz seiner Trauer im Herzen verliert es nicht etwa seinen Lebensmut, sondern bewahrt einen klaren Kopf, ist entscheidungs- und handlungsfähig. Es ist psychisch stabil und weiß, dass es alles aufgeben und zurücklassen muss, was ihm bislang ans Herz gewachsen ist. Es muss Abschied nehmen von seinem Zuhause, der Nachbarschaft, den Spielkameraden, von lieb gewordenen Gewohnheiten und von allen Vertrautheiten in seinem heimatlichen Umfeld. Vieles, wovon es geträumt hat, ist nun überholt. Denn es handelt sich um den endgültigen Abschied vom „Paradies seiner Kindheit". Sein bisheriger Lebensabschnitt gehört der Vergangenheit an. Diesen Abschied zu vollziehen ist seine Aufgabe. Der Ablöseprozess beinhaltet jedoch nicht die Verdrängung seiner Kindheitserfahrungen. Die sind und bleiben für die weitere Entwicklung wichtig. Aus seinen Erinnerungen zieht es Kraft. Sie begleiten es auf seinem Lebensweg. Aber von den bisherigen Bindungen muss es sich lossagen, um offen zu sein für neue Erfahrungen und Entwicklungen.

Es ist erstaunlich, wie souverän diese Märchenfigur mit diesem schwer wiegenden Einschnitt in ihrem jungen Leben umgeht, ohne daran zu verzweifeln. Sie bleibt ruhig und gelassen und lässt sich nicht von Zukunftsängsten überwältigen. Uns Menschen fällt das Loslassen gewöhnlich sehr schwer. Denn die Furcht vor einer vollkommenen Lebensumstellung ist oft so groß, dass wir blind sind für die Möglichkeiten und Chancen, die mit ihr verbunden sein können. Oft fehlt es uns auch an der nötigen Flexibilität. Selten blicken wir in einer solchen Lebenslage noch vertrauensvoll in die Zukunft wie diese Märchenfigur. Denn meist fehlt es uns an Urvertrauen oder an der Überzeugung, göttlich geführt zu werden.

Im Vergleich zu uns Menschen spürt sie, dass sie ihr Schicksal so annehmen muss, wie es ist. Die Notwendigkeit dafür ist unausweichlich und unumstößlich, sich dagegen aufzulehnen, bringt sie nicht weiter. Wir Menschen hingegen hadern gewöhnlich mit dieser Unabänderlichkeit und finden uns kaum mit ihr ab. Wir stellen Fragen nach dem „Warum" oder dem Sinn eines schwer wiegenden Ereignisses. Aber meist wissen wir keine Antwort darauf. Das Sterntalerkind lehnt sich gegen die schicksalhafte Herausforderung nicht auf, sondern nimmt sie an. Es arrangiert sich damit und überlegt, was zu tun sei.

Ganz allmählich lernt es, damit umzugehen. Zudem spendet ihm seine Frömmigkeit Trost. Da es keinen leiblichen Vater mehr hat, vertraut es auf die Hilfe seines himmlischen Vaters, von dem es sich führen lässt. Der hat einen höheren Stellenwert und wird auf einer übergeordneten Ebene „wissen", warum es in diese Situation gestellt worden ist. Das mag uns naiv erscheinen, aber dem Märchenkind verleiht diese Vorstellung zusätzlichen Halt und gibt ihm Kraft.

Eines ist dem Sterntalerkind gewiss: Es ist jung, gesund und lebensbejahend. Das Leben, das ihm seine Eltern geschenkt haben, möchte es behalten und von nun an auch gestalten. Es verfügt über eine Fülle seelischer und geistiger Potenziale, die es nutzen will. Seine Charakterstärke, sein liebenswertes Wesen und sein innerer Reichtum wollen zum Einsatz kommen. Seine Fähigkeiten sind gefragt. Nicht nur in der Märchenwelt, sondern auch im realen Leben besteht ein großer Mangel an Mitmenschlichkeit und Herzenswärme. Als das Mädchen sein Elternhaus verlässt, ist es offenbar bereit für diese grundlegende Lebensveränderung. Intuitiv spürt es, dass es den Wechsel vollziehen muss, um in seiner Entwicklung nicht stehen zu bleiben. Leben heißt Veränderung und Wandlung. Der Fortgang bietet dem Mädchen bei aller Trauer um die verstorbenen Eltern neue Chancen.

So ist es entschlossen, sich Schritt für Schritt von seinem bisherigen Leben zu entfernen. Dies gilt in örtlicher und zeitlicher Hinsicht. Dabei kann es seine Gefühle der Trauer hochkommen lassen und sie allmählich verarbeiten. Dadurch verändern sie sich. Indem es geht, gewinnt es Abstand zu allem, was ihm weh getan hat oder was es vermissen wird. Ganz allmählich vermag dabei so manche seelische Wunde zu heilen.

Seine Seelenstärke und Frömmigkeit helfen ihm. Das „Prinzip Hoffnung" trägt es weiter. So kommt es voran und reift innerlich.

4. Der Weg hinaus

Der Verlust seiner Eltern hat das Märchenkind tief erschüttert. Das drückt sich in dem Gefühl „als wäre es von aller Welt verlassen" aus. Zugleich dient es als Auslöser für seinen Weggang. Der ist „Not-wendig". Seine innere Stimme drängt zu dieser Entscheidung, zumal es vollkommen verarmt ist. Es will diesen Schritt vollziehen und will diesen Aus-weg aus seinem Lebensdilemma wagen, ohne wissen zu können, wie der aussehen und wie er sich gestalten wird. Eine Alternative dazu scheint es nicht zu erkennen. Anstelle von Zweifeln und Hoffnungslosigkeit empfindet es Glaubensstärke und Zuversicht. Sein Mut ist größer als seine Ängste. Dank seiner seelischen Ausgewogenheit und Intuition vertraut es auf die Richtigkeit seines Tuns. Es ist frei von Selbstmitleid und Wehleidigkeit. Es lässt sich nicht unterkriegen, sondern bleibt offen und aufgeschlossen für das, was kommen wird. So geht es los. Mit jedem Schritt entfernt es sich von seinem bisherigen Leben in zeitlicher und örtlicher Hinsicht. Dabei atmet es frische Luft ein und bekommt einen klaren Kopf. Der Abstand zu seiner Vergangenheit wächst. Seine Traurigkeit verliert etwas von seiner Schwere. Einige Erinnerungen verblassen und neue Eindrücke wirken auf das Mädchen ein. Beim Gehen kann es in sich hineinhorchen, über alles nachdenken und seine Erlebnisse allmählich verarbeiten. Das entlastet Schritt für Schritt seine Seele. Die Bedrückung lässt nach, auch das Gefühl des Verlassenseins. So dauert es nicht lange, dass diesem Märchenkind nacheinander verschiedene Personen begegnen, die alle am Rand ihrer Existenz stehen. Dabei handelt es sich zwar nur um kurze Kontakte, aber alle erwarten von ihm Hilfe. Es erlebt, dass es gebraucht wird. Wie ist das zu erklären?

Auf den ersten Blick wirkt das Mädchen keineswegs heruntergekommen oder bemitleidenswert. Es ist gut ernährt, gesund und ordentlich gekleidet. Solange seine Eltern lebten, haben sie ihr einziges Kind mit allem versorgt. Deshalb macht es rein äußerlich einen gepflegten Eindruck. Aber der äußere Schein trügt. Er täuscht darüber hinweg, wie arm es tatsächlich ist. Deshalb glauben alle, die es ansprechen, dass es von seiner Habe etwas entbehren könne. Sie können nicht ahnen, dass es nur das besitzt, was es am Leib trägt oder bei sich hat. Sie wissen nicht, dass es ein Waisenkind ist und kein Zuhause mehr hat.

Der alte Mann leidet Hunger und bittet das Mädchen um Brot. Ohne zu zögern gibt es ihm sein letztes Stück und sagt: „Gott segne dir's." Der Impuls zu helfen, Not zu lindern, entspringt seinem Herzen und ist ein natürliches Gefühl. Es überlegt keinen Augenblick, sondern handelt spontan mit großer Selbstverständlichkeit. Dabei macht es sich keine Sorgen um seinen später eintretenden eigenen Hunger. Von diesem Augenblick an hat es nichts mehr zu essen. Seine Selbstlosigkeit ist beachtlich. Möglicherweise verhält es sich so, weil es das Leiden des alten Mannes an seinem Hunger für schwer wiegender einschätzt als den eigenen. Es lässt sich innerlich anrühren und empfindet keinerlei Ängste, unversorgt zu bleiben, weil es aus der Fülle seines Herzens handelt und seine Lebensenergie spürt. Das Mädchen praktiziert christliche Nächstenliebe in beispielhafter Weise.

Aber können wir Menschen dieses „vorbildliche Verhalten" einfach so übernehmen? Das Märchen idealisiert das Kind. Immerhin dient es dazu, einmal innezuhalten und darüber nachzudenken, ob die Not anderer bei uns Mitgefühl auslöst. Oder einmal zu überlegen, wo wir zu Gunsten anderer Verzicht üben und etwas abgeben können. Wie sorglos gehen wir zuweilen mit unseren Nahrungsmitteln um. Dabei ist es uns nicht immer bewusst, wie viel Hunger es auf der Welt gibt. Der Satz aus der Apostelgeschichte (Kap. 20, Vers 35) „Geben ist seliger denn Nehmen!" drängt sich einem auf. Er kann einen zu mehr Menschlichkeit anregen.

Statt selber Hilfe von außen zu erfahren, wird das Mädchen bei seinen weiteren Begegnungen nacheinander um alle Habseligkeiten gebeten, die ihm noch verblieben sind. Gerade dadurch erlebt es sich in der besseren Position. Vier Kinder erbitten sich Mütze, Leibchen,

Röcklein und Hemdlein. Alle vier sind so sehr mit ihrem eigenen Leid, ihrem Mangel und der Kälte beschäftigt, dass sie keinen Gedanken darauf verschwenden, wie es ihrer Geberin dabei ergehen werde. Ihr eigener Jammer macht sie blind für die Bedürftigkeit, in die sie das Mädchen bringen. Sie nehmen weder darauf Rücksicht noch zeigen sie Mitgefühl. Ihre eigene Not macht sie egoistisch. Sie sind so verzweifelt über ihre Situation, dass sie jegliche Anteilnahme außer Acht lassen. Möglicherweise fehlte es ihnen an der nötigen Sensibilität, während sich das Mädchen ganz von der Stimme seines Herzens leiten lässt. Seinem Verhalten haftet natürlich auch „Naivität" an. Aber heißt es nicht „Wenn ihr nicht werdet wie die Kinder." Es vertraut darauf, dass ihm geholfen wird, wenn es darauf ankommt, und bleibt frei von Angst und Sorge um sein Wohlergehen. Damit soll es recht behalten. Als es sein letztes Hemdchen abgegeben hat, steht es nackt und bloß da. Inzwischen ist es dunkel geworden. Darüber ist das Mädchen froh, weil es von niemandem mehr gesehen werden kann. So bleiben ihm Peinlichkeit und Schamgefühl erspart. Es bedenkt auch nicht, dass es am nächsten Tag wieder hell sein und seine Nacktheit wahrgenommen wird. Während die Kinder es wegen der Kälte um seine Kleidungsstücke gebeten haben, scheint es selbst nicht zu frieren. Liegt das an seiner „Herzenswärme"? Zudem hat es sich von seiner Kleidung, die es an seine behütete Kindheit erinnern würde, getrennt und hat diese Lebensphase endgültig hinter sich gelassen. Dabei handelt es sich zugleich um eine mentale Befreiung von seinem bisherigen Leben.

Es „besitzt" jetzt nur noch seinen Körper. Aber darin fühlt es sich heimisch. Es ruht in sich selbst und ist bei sich angekommen. Sein Körper und seine entlastete Seele befinden sich im Einklang miteinander. Seine Seele ist frei von allen Bindungen an irdischen Besitz. Sie ist darüber erhaben. Dies ist wie ein Zustand am Ende des Lebens, wenn nichts mehr in die andere Dimension hinübergenommen werden kann.

Eine solche seelische und geistige Reife ist untypisch für ein so junges Leben. Aber sie bildet die Voraussetzung für die „himmlische Gabe", wie die Sterntaler es sind.

Dieser Zustand ist vergleichbar mit dem vollkommenen Ablöseprozess von der Kindheit und dem Eintritt in die der Pubertät.

5. Himmlischer Lohn

Es ist Abend geworden und dunkel. Die bisherige Wegstrecke des Mädchens endet vorerst im Wald, der voller Symbolkraft ist. Es hält inne. Eine Lebenszäsur ist eingetreten. Es muss sich finden und neu orientieren. Es befindet sich in einer Schwellensituation. Zwar ist es allein, hat nichts mehr zu essen und anzuziehen – gerade hat es sein Hemdlein abgegeben, aber es entbehrt nichts. Wie ist das möglich? Die verschenkten Kinderkleidungsstücke gehören bereits der Vergangenheit an. Sie sind „überholt". Jetzt ist es umgeben von Bäumen und Büschen des Unterholzes, die wie eine zweite Haut seine Blöße verhüllen. Auch die Dunkelheit trägt dazu bei. Es ist entmaterialisiert, aber fühlt sich geborgen inmitten der Natur. Sein Zustand von Nacktheit und Blöße lässt einen an eine „Geburt" denken. Dabei geht es um die Geburt seiner Weiblichkeit. Sein Aufenthalt im Wald, im Bereich des Unbewussten, in der Mutter Natur symbolisiert diesen Entwicklungsprozess hin zum künftigen Frausein. Es besinnt sich auf sich selbst, blickt nach innen, horcht auf seine inneren Regungen und Empfindungen. Die Stille und Dunkelheit der Nacht hilft ihm dabei, sich ganz auf sich selbst zu konzentrieren, seine Gefühle und Gedanken wahrzunehmen, sie zu ordnen und sich mit ihnen auseinanderzusetzen. Dabei erinnert es sich vor allem an seine Mutter, die ihm für die Ausbildung seiner eigenen Weiblichkeit als wertvolles Vorbild gedient hat. Intuitiv weiß es jedoch, wie wichtig die *eigenen* Vorstellungen, Erfahrungen, Wünsche und Ideen sind. Es weiß, dass es sich auf seinem Weg hierher innerlich verändert und weiterentwickelt hat. Dies geschah vor allem durch die Begegnung mit den anderen. Es hat sich ihnen gegenüber offen, uneigennützig und selbstlos verhalten. Auf der mentalen Ebene hat es von ihnen dafür Anerkennung, Dankbarkeit, vielleicht sogar Freude empfangen. Diese Energien haben das Mädchen seelisch gestärkt und es in seinem Tun bestätigt. Im Vergleich zu der großen Bedürftigkeit der Fremden hat es eine Ahnung davon bekommen, über welchen seelischen Reichtum es verfügt. Dadurch hat es mehr Bewusstheit erlangt und ist reifer geworden.

Es hat bei diesen Kontakten gemerkt, welche positive Grundeinstellung es zum Leben hat. Wie selbstverständlich hat es dem alten Mann und den vier Kindern aus ihrer Not geholfen. Es wurde mit dem Alter in Gestalt des armen hungrigen Mannes konfrontiert, unterschwellig an das eigene spätere Altwerden erinnert, vor allem an die Vergänglichkeit des Lebens. Wahrscheinlich hat es gespürt, wie schwer es zu ertragen ist, alt *und* zugleich notleidend zu sein. So gab es sein letztes Brot im Vorgriff auf diese spätere Lebensphase und lebte sein mütterliches und nährendes Prinzip. Die vier Kinder repräsentieren die eigene Kindheit, die es gerade hinter sich gelassen hat, und deren Abhängigkeit von der Fürsorge anderer. Indem es deren Leid milderte, leistete es Dienst am Nächsten und übte sich in Barmherzigkeit. Indem es die anderen vor Hunger und Kälte bewahrte, stärkte es deren Vertrauen auf menschliche Hilfe. Durch sein selbstloses Verhalten hat es seelische Größe bewiesen und ist über sich hinausgewachsen. Es hat von sich aus den Zugang zu der Fülle seiner Fähigkeiten und Potenziale gefunden, die wie innere Sterne leuchten. Die Zahl fünf der 5 Begegnungen steht für den Menschen, für die fünf Sinne und für das spirituelle Erwachen des Sterntalermädchens.

Seine Intuition brauchte es, um sich mutig auf seinen eigenen, individuellen Lebensweg zu begeben. Am Tiefpunkt der materiellen Entbehrungen entwickelt es sich über das Menschsein hinaus. Am Rand zur Selbstaufgabe handelt es nahezu „engelsgleich" und erreicht eine „höhere Entwicklungsstufe". Es hat sich über seine eigenen Bedürfnisse und alle Egoismen hinweggesetzt. Dies tat es „leicht" und frei von Berechnung. Schließlich bekommt es ein „Hemdlein" übergeworfen. Das ist höherwertig und entspricht seiner neuen Identität. Darin kann es die vom Himmel regnenden Taler einsammeln. So selbstverständlich, wie es zuvor alles verschenkt hat, was es besaß,

nimmt es seinen „himmlischen Lohn" dankbar an und freut sich darüber. Von seiner Armut ist es „erlöst". Durch diesen „göttlichen Segen" hat es genug für sein Lebtag. Sein innerer Reichtum entspricht nun auch dem äußeren.

6. Geld und andere Werte

Die idealisierte Märchenfigur hat Symbolcharakter. Mit ihrer kindlich reinen Seele und ihrer Selbstlosigkeit hat sie im Dienst am Nächsten ihren Seelenauftrag erfüllt und die himmlischen Taler verdient. Insofern mag sie uns ein Vorbild sein. Dennoch soll sie uns nicht unbedingt dazu veranlassen, uns soweit zu verausgaben, dass wir an den Rand unserer Existenz geraten und dann auf göttliche Hilfe warten.

Selbst Martin Luther soll gesagt haben: „Wer kein Geld hat, dem hilft nicht, dass er fromm ist." Trotzdem ist es sicher gut, Gottvertrauen zu haben. Selbst bei aller Bescheidenheit kann der Mensch nicht ohne Versorgung und Besitz auskommen. Wem wäre damit geholfen, vor lauter Selbstlosigkeit in große Armut oder gar in Obdachlosigkeit zu geraten?

Das Wort vom Sterntalerregen ist geradezu sprichwörtlich geworden. Viele Menschen träumen vom schnellen Geld. Sie wünschen sich sehnlichst, ganz ohne Anstrengung oder eigenen Einsatz reich zu werden. Denn materieller Wohlstand scheint ihnen der Inbegriff eines glücklichen Lebens zu sein. Deshalb nehmen sie an Glücksspielen, Wetten, Preisausschreiben etc. teil, weil sie hoffen, durch beachtliche Gewinne schlagartig von allen finanziellen Sorgen frei zu sein und von da an ein unbeschwertes Leben führen zu können. Meistens bleiben diese Vorstellungen Wunschträume. Die wenigen, die mit viel Glück auf diese Weise reich geworden sind, haben oft in kurzer Zeit alles Geld – oder vieles davon – wieder verloren nach dem Motto „Wie gewonnen, so zerronnen". Oder wenn sie es sich bewahren, vielleicht sogar noch mehren konnten, stellten sie fest, dass Geld und Glück nicht identisch sind. Aber Geld kann sehr wohl einen gewissen Anteil des Glücks ausmachen.

Geld an sich ist weder gut noch böse. Es ist im Wesentlichen ein Zahlungsmittel. Geld und Waren sind gegeneinander austauschbar. Normalerweise muss Geld für den Lebensunterhalt und zur Befriedigung der materiellen Bedürfnisse erarbeitet werden. Dann repräsentiert es den Gegenwert für Berufstätigkeit, gute Ideen, schöpferische Impulse und den erbrachten Einsatz.

Ein vernünftiger Umgang mit Geld verleiht den Menschen eine gewisse Sicherheit und Zufriedenheit. Er reduziert Lebensängste und Sorgen. Zugleich ermöglicht er ihnen mehr Unabhängigkeit und Gestaltungsfreiheit, zum Teil auch Selbstverwirklichung. Zudem lassen sich finanzielle Rücklagen für den Notfall und fürs Alter bilden, eventuell sogar Vorsorge treffen für die unterschiedlichen Lebensentwürfe. Im Ausnahmefall wird Geld ererbt oder es wird einem geschenkt.

Das Sterntalermädchen stellt vor allem für alle diejenigen Menschen eine Kontrastfigur dar, die ihr ganzes Sinnen und Trachten darauf gerichtet haben, so viel Geld wie nur möglich zu verdienen. Koste es, was es wolle! Dann liegt eine Überbewertung des Geldes vor. Ihr rücksichtsloses Streben nach Besitz dient besonders der Befriedigung ihrer egoistischen Wünsche und Bedürfnisse oder ihrem Geltungsstreben. Sie betrachten ihren Reichtum als Aufwertung ihrer Person und identifizieren sich mit ihm. Möglicherweise kompensieren sie damit Ängste, vielleicht ihre einfache Herkunft oder andere Minderwertigkeitskomplexe. Sie benötigen Luxusgüter und Statussymbole zur Steigerung ihres Sozialprestiges. Sie streben nach einem hohen Lebensstandard und Wohlleben. Dadurch finden sie gesellschaftliche Beachtung und Anerkennung, mitunter gelangen sie zu Ansehen, Einfluss und sogar zu Macht. Natürlich löst ein zur Schau gestellter Reichtum Neidgefühle im Umfeld aus, besonders wenn die Form der Selbstdarstellung mit Überheblichkeit und Angeberei gepaart ist.

Andererseits wird der erworbene Reichtum als Ausdruck besonderer Tüchtigkeit und Leistungsvermögen wahrgenommen. Dann zieht er solche Menschen in ihren Bann, die sich durch den Kontakt mit den Besitzern eine gesellschaftliche Aufwertung versprechen. Sie möchten teilhaben an deren Wohlstand und seinem Glanz. Oft entpuppen sie sich als „falsche Freunde", die sich in kritischen Situationen schnell wieder entfernen.

Bedenklich ist es, wenn Reichtum durch illegale Geschäfte oder kriminelles Handeln erworben wurde, wenn die Grenzen von Sitte, Anstand, Moral und Gewissen überschritten wurden. Gewöhnlich wird ein solcher Mensch juristisch zur Verantwortung für sein Tun gezogen.

Wenn das Streben nach Geld ungebremst ist, wenn es vollkommen vom Menschen Besitz ergreift und in Gier ausartet, dann verhält es sich ähnlich wie beim Spieler mit seiner Spielsucht und nimmt bereits krankhafte Züge an. Oder wenn Geld vor lauter Geiz gesammelt und gehortet wird, dann erfüllt es nur noch einen Selbstzweck.

Geld sollte nämlich im Umlauf bleiben. Volkswirtschaftlich ist es gewollt, dass die Menschen durch Werbung und verlockende Angebote zu ständig neuen Geldausgaben „verführt" werden, gleichgültig ob die Waren für den Einzelnen notwendig sind oder ob sie seine Lebensqualität tatsächlich erhöhen.

Im Extremfall lassen sich auf diese Weise so viele Wünsche lostreten, dass sie nicht mehr finanzierbar sind und manch einer in eine Überschuldung gerät.

Grundsätzlich geht vom Geld eine große Versuchung für den Menschen aus. Denn wenn das menschliche Handeln von Gewinnmaximierung und Profitgier bestimmt wird, dann sind die bleibenden Werte in ein Schattendasein gedrängt. Dort müssen wir sie herausholen und wieder in unser Bewusstsein aufnehmen. Dazu ist eine Phase des Innehaltens, der Gewissensprüfung und des Nachdenkens vonnöten.

In dem Zusammenhang vermag uns das Sterntalermädchen als Kontrastbild dienen. Märchen sind als symbolische Geschichten dazu geeignet, sich von ihnen inspirieren zu lassen. Sie bilden nicht die Realität ab, aber sie können uns in ihrer Beispielhaftigkeit Orientierung geben. Selbst wenn das Märchengeschehen auf den ersten Blick weit entfernt von unserer alltäglichen Realität zu sein scheint, so kann uns die idealisierte Märchenfigur zu einer kritischen Auseinandersetzung mit unserer Einstellung zum Geld anregen, uns zu einem besonnenen Umgang mit ihm bewegen und zu einem maßvollen Konsumverhalten führen.

Sie erinnert uns daran, unser Herz nicht zu sehr an materielle Güter, an Luxus und Wohlleben zu hängen, weil wir dann in Gefahr geraten, uns davon abhängig zu machen.

Andererseits müssen wir auch nicht auf alle angenehmen Besitztümer verzichten, weil wir sonst zu viel von unserer Lebensfreude verlören. Selbst das Sterntalerkind behält am Ende des Märchens seine himmlischen Taler.

Stattdessen sollten wir uns um eine Balance zwischen beiden Extremen bemühen.

Wer über genug Geld und Besitz verfügt, trägt zugleich eine hohe soziale Verantwortung. Die Kluft zwischen Arm und Reich wächst – nicht nur hierzulande. Die Frage bleibt, was der Einzelne zur Linderung von Armut beitragen kann, um das Auseinanderdriften der Gesellschaft abzufedern. Denn es ist vor allem der innere Reichtum, der dem menschlichen Handeln Sinnhaftigkeit verleiht. Deshalb ist es so wichtig sich bewusst zu machen, mit welchen bleibenden Werten der Mensch seinen Geist und seine Seele nährt.

7. Schlussbetrachtungen

In den Märchen geht es darum, dass der jeweilige Märchenheld mit seinen schicksalhaften Herausforderungen konfrontiert wird, die er zu lösen und zu bewältigen hat. Das ist seine Lernaufgabe.

Das Sterntalermädchen erlebt früh in seinem Leben den Verlust seiner Eltern. Dadurch ist es verwaist, arm und obdachlos. Auf der Habenseite verdankt es seinen lebensklugen, liebevollen Eltern sein Leben und eine erfüllte Kindheit. Denn es konnte seine eigene Persönlichkeit ausbilden, eine gesunde Psyche entwickeln und seinen Willen frei entfalten. Zudem erhielt es eine klare Werteorientierung und eine positive Einstellung zum Leben. Seine Vergangenheit loszulassen, ist für das Märchenkind ein wichtiger Lernprozess, den es zu leisten hat. Die bisherigen Erfahrungen aus seiner Kindheit nimmt es mit. Die stehen ihm als Potenziale zur Verfügung. Der erzwungene Abschied von zu Hause und die Akzeptanz der Notwendigkeit wegzugehen, bereitet ihm seelische Schmerzen. Dennoch vollzieht es diesen Aufbruch im Einklang mit sich selbst. Obwohl so viel Mut und Zuversicht dazu gehören, eine so schwer wiegende Entscheidung treffen zu können, befindet es sich mit sich im Reinen. Dergleichen gelingt nur wenigen Menschen in einer vergleichbaren Lage.

Das Märchenkind zieht gewissermaßen einen Strich unter seine Vergangenheit und betrachtet sie als abgeschlossen. Ein Zurück gibt es nicht mehr, nur noch ein Vorwärts. Es weiß keine Alternative und blickt aufgeschlossen in seine Zukunft. Es nimmt die Herausforderung an und bleibt frei von Selbstmitleid. Es verzweifelt nicht an seiner Situation. Denn es verfügt über innere Stärke, Vertrauen in seine Fähigkeiten und seine Seelenkräfte. Zudem ist es von der göttlichen Führung überzeugt. Das sind wertvolle Potenziale, um seinen Lebensweg von nun an selbst in die Hand zu nehmen. Dazu ist es bereit. Durch das Weggehen kommt Bewegung in sein Gefühl von Trauer und Einsamkeit. Auf die Weise fällt es nicht etwa in eine tiefe Depression, wie es so manchem Menschen in einer ähnlichen Lage ergehen würde, sondern gelangt in die Aktivität. So reagiert es flexibel auf die Unabänderlichkeit des Schicksals und erlangt einen ersten Fort-Schritt. Das Mädchen macht auf seinem Weg neue Erfahrungen und gewinnt neue Einsichten. Es ist offen für die nun folgenden Begegnungen. Der alte Mann und die vier Kinder bilden die Schattenfiguren zu ihm selbst. Sie alle befinden sich in mehrfacher Hinsicht im Defizit. Sie leiden Mangel und sind auf fremde Hilfe angewiesen. Sie sind gefangen in ihrer Armut. Auch das Sterntalermädchen ist auf materieller Ebene arm, aber zugleich ist es seelisch reich. Aus seiner inneren Fülle kann es seine Mitmenschlichkeit und Herzenswärme großzügig „verschenken". Der alte Mann repräsentiert von ihnen seine Bedürftigkeit am meisten. Sein Hunger signalisiert, wie sehr er Brot zum Überleben, aber auch Zuwendung (Segen), Verständnis und Anteilnahme braucht. „Der Mensch lebt nicht vom Brot allein", heißt es. Seinen Lebenshunger vermag er in seinem fortgeschrittenen Alter kaum noch zu stillen. Darüber hinaus verkörpert er die Endlichkeit des Lebens. Denn das Alter zeigt die Vergänglichkeit am deutlichsten. Mit der Sterblichkeit ist das Mädchen durch den Tod seiner Eltern bereits konfrontiert worden. In der Verknüpfung dieser beider Erfahrungen wird ihm bewusst, welche Rolle die Zeit im menschlichen Leben spielt. Intuitiv spürt es, dass es an der Schwelle von der Kindheit zur Pubertät steht und seine Weiblichkeit entdeckt. Dies wird ihm in besonderem Maß durch die vier Kinder klar. Denn sie benötigen noch Mütze, Leibchen, Röcklein und Hemdchen. Bis auf die Mütze sind alle Kleidungsstücke in der Verkleinerungsform ausgedrückt. Auf sie kann das Sterntalermädchen verzichten, denn es merkt, dass es – reifemäßig – gerade aus der Kinderkleidung herausgewachsen ist. Seine Kindheit ist endgültig vorbei. Es kann alles loslassen, was zu seiner neuen Lebensphase nicht mehr passt. Mit den „abgelegten Kindersachen" befreit es die Bedürftigen aus ihrer Notlage. Es hilft ihnen bis zur Selbstaufgabe, ohne ahnen zu können, dass es später für seine Selbstlosigkeit himmlisch entlohnt wird. Von den Kindern empfängt es Dank und Freude als seelische Stärkung. Der erste Abschnitt seines selbst eingeschlagenen Lebensweges endet im Wald. Der Weg bis hierher beinhaltete eine Übergangsphase, um sich über alles klar zu werden, was in ihm und um es herum vor sich ging. In der Realität hätte sie natürlich viel länger gedauert. Aber auf der Märchenebene geht es vor allem darum, dass die Märchenfigur den notwendigen Reifungsprozess vollzieht. Zur Ausbildung seiner Gesamtpersönlichkeit gehören auch die mehr männlich orientierten Eigenschaften, wie zum Beispiel ihr Mut, ihre Handlungs- und Entscheidungsfähigkeit, ihre Aktivität, ihr Durchhaltevermögen und das Fehlen von Ängsten. Letzteres hängt mit ihrem gesunden Selbstwertgefühl zusammen.

In der Dunkelheit der Nacht und des Waldes mitten in der „Mutter Natur" steht das Mädchen nackt und bloß da. Es ist frei von überholten Bindungen, aber eins mit sich selbst. Dies ist die Geburtsstunde beginnender Weiblichkeit und der Anfang seines selbstbestimmten Lebens. Beides wird es von nun an mit seinen eigenen Vorstellungen, Wünschen und Zielen ausfüllen. Es ist bei sich angekommen. Die elterliche Liebe bildete eine wichtige Voraussetzung für seine Selbstannahme. Die eigenen Fähigkeiten und das Vertrauen auf die göttliche Führung stehen ihm als „Mitgift" für seine Zukunftsgestaltung zur Verfügung. Es ist reich gesegnet und zeichnet sich durch sein kluges, intuitives Verhalten und die Fülle seiner Anlagen aus. Es übernimmt für sich und sein Tun Verantwortung.

Wer könnte diesem Beispiel folgen?

Als Lebensgrundlage fehlt ihm nur noch das nötige Geld. Das erhält es in Gestalt der „harten, blanken Taler". Das innere Leuchten seiner seelischen Werte und Potenziale korrespondiert in der Außenwelt mit den vom Himmel fallenden Sterntalern. Das Innere und Äußere befinden sich im Einklang. Auch in der Zukunft wird es sich von der Strahlkraft seiner „inneren Sterne" leiten lassen, wie zum Beispiel von seinem Mitgefühl, Verständnis, Vertrauen, seiner Hilfsbereitschaft und seinem Altruismus. Die Gefahr, sich vom Geld „verführen" zu lassen, wie es so mancher Mensch tun würde, besteht für das Sterntalermädchen eher nicht. Denn es wirkt seelisch gefestigt. Zudem erhält es ein Leinenhemd von hoher Qualität. Mit dieser zweiten Haut erfährt es – auch physisch – eine Aufwertung und es kann sich frei und selbstbestimmt bewegen.

Das tapfere Schneiderlein

– Grimm –

Märcheninterpretation

Inhaltsverzeichnis

Zur Entstehungsgeschichte	93
Märchentext: Das tapfere Schneiderlein (Grimm)	94
1. Wie Märchen Mut machen	103
2. Innen und außen miteinander verbinden	104
3. Museinkauf	107
4. Trotz bescheidener Mittel von etwas Großem träumen	109
5. Loslassen und sich selbst entwickeln	112
6. Auf dem Weg zum königlichen Palast	117
7. Der König im Zwiespalt	120
8. Die Strategie des Königs	122
9. Mit geistiger Beweglichkeit gegen die Riesengewalt	123
10. Das Einhorn und das Wildschwein fangen	127
11. Die Hochzeit	131
12. Der verräterische Traum	134
13. Schlussbetrachtungen	138
- Literaturverzeichnis	145

Zur Entstehungsgeschichte

„Das tapfere Schneiderlein" steht unter der Nr. 20 in der Ausgabe letzter Hand von 1857 in den „Kinder- und Hausmärchen" der Brüder Grimm. Dabei handelt es sich um ein Schwankmärchen, das aus drei Fassungen hervorgegangen ist. Den Anfang machte die Nr. 1 der ältesten KHM-Sammlung von 1810. Dieser Text entsprach beinahe wortwörtlich dem 1557 erschienenen „Wegkürtzer" von Martin Montanus. Wilhelm Grimm hatte ihn dem „Wegkürtzer" aus Clemens von Brentanos Bibliothek entnommen. Diese Fassung wurde als Version 1 in der Erstausgabe von 1812 mit dem Titel „Vom tapferen Schneiderlein" herausgebracht.

Die 2. Fassung blieb ein Fragment. Sie wurde von der Familie Hassenpflug unter der Nr. 20, II beigesteuert. Sie ist auf den 10.2.1812 datiert. Von der 3. Fassung ist lediglich bekannt, dass sie aus Hessen stammt. Sie wurde in die Form eingefügt, die bereits in der 2. Auflage von 1819 der „Kinder- und Hausmärchen" stand.

Auch Ludwig Bechstein hat sich des Textes von Montanus bedient. Sein „Deutsches Märchenbuch" ist 1845 bei Georg Wigand in Leipzig erschienen. Es enthielt unter DMB 1 den Titel „Vom tapferen Schneiderlein."

Das tapfere Schneiderlein

An einem Sommermorgen saß ein Schneiderlein auf seinem Tisch am Fenster, war guter Dinge und nähte aus Leibeskräften. Da kam eine Bauersfrau die Straße herab und rief: „Gut Mus feil! Gut Mus feil!"

Das klang dem Schneiderlein lieblich in den Ohren, es steckte sein zartes Haupt zum Fenster hinaus und rief: „Hier herauf, liebe Frau, hier wird sie die Ware los." Die Frau stieg die drei Treppen mit ihrem schweren Korbe zu dem Schneider herauf und musste die Töpfe sämtlich vor ihm auspacken. Er besah sie alle, hob sie in die Höhe, hielt die Nase dran und sagte endlich: „Das Mus scheint mir gut, wieg sie mir doch vier Lot ab, liebe Frau, wenn's auch ein Viertelpfund ist, kommt es mir nicht darauf an." Die Frau, welche gehofft hatte, einen guten Absatz zu finden, gab ihm was er verlangte, ging aber ganz ärgerlich und brummig fort. „Nun, das Mus soll mir Gott gesegnen", rief das Schneiderlein, „und soll mir Kraft und Stärke geben", holte das Brot aus dem Schrank, schnitt sich ein Stück über den ganzen Laib und strich das Mus darüber. „Das wird nicht bitter schmecken", sprach es, „aber erst will ich das Wams fertig machen, eh ich anbeiße."

Es legte das Brot neben sich, nähte weiter und machte vor Freude immer größere Stiche. Indes stieg der Geruch von dem süßen Mus hinauf an die Wand, wo die Fliegen in großer Menge saßen, so dass sie herangelockt wurden und sich scharenweis darauf niederließen. „Ei, wer hat euch eingeladen?", sprach das Schneiderlein und jagte die ungebetenen Gäste fort. Die Fliegen aber, die kein Deutsch verstanden, ließen sich nicht abweisen, sondern kamen in immer größerer Gesellschaft wieder.

Da lief dem Schneiderlein endlich, wie man sagt, die Laus über die Leber, es langte aus seiner Hölle nach einem Tuchlappen und: „Wart, ich will es euch geben!", schlug es unbarmherzig drauf. Als es abzog und zählte, so lagen nicht weniger als sieben vor ihm tot und streckten die Beine. „Bist du so ein Kerl?", sprach es und musste selbst seine

Tapferkeit bewundern. „Das soll die ganze Stadt erfahren." Und in der Hast schnitt sich das Schneiderlein einen Gürtel, nähte ihn und stickte mit großen Buchstaben darauf: „Siebene auf einen Streich!" – „Ei was, Stadt", sprach es weiter, „die ganze Welt soll's erfahren!", und sein Herz wackelte ihm vor Freude wie ein Lämmerschwänzchen.

Der Schneider band sich den Gürtel um den Leib und wollte in die Welt hinaus, weil er meinte, die Werkstätte sei zu klein für seine Tapferkeit. Eh er abzog, suchte er im Haus herum, ob nichts da wäre, was er mitnehmen könnte, er fand aber nichts als einen alten Käs, den steckte er ein. Vor dem Tore bemerkte er einen Vogel, der sich im Gesträuch gefangen hatte, der musste zu dem Käse in die Tasche. Nun nahm er den Weg tapfer zwischen die Beine, und weil er leicht und behend war, fühlte er keine Müdigkeit. Der Weg führte ihn auf einen Berg, und als er den höchsten Gipfel erreicht hatte, so saß da ein gewaltiger Riese und schaute sich ganz gemächlich um.

Das Schneiderlein ging beherzt auf ihn zu, redete ihn an und sprach: „Guten Tag, Kamerad, gelt, du sitzest da und besiehst dir die weitläufige Welt? Ich bin eben auf dem Weg dahin und will mich versuchen. Hast du Lust mitzugehen?" Der Riese sah den Schneider verächtlich an und sprach: „Du Lump! Du miserabler Kerl!" – „Das wäre!", antwortete das Schneiderlein, knöpfte den Rock auf und zeigte dem Riesen den Gürtel, „da kannst du lesen, was ich für ein Mann bin." Der Riese las: „Siebene auf einen Streich", meinte, das wären Menschen gewesen, die der Schneider erschlagen hätte, und kriegte ein wenig Respekt vor dem kleinen Kerl. Doch wollte er ihn erst prüfen, nahm einen Stein in die Hand und drückte ihn zusammen, dass das Wasser heraustropfte. „Das mach mir nach", sprach der Riese, „wenn du Stärke hast." – „Ist's weiter nichts?", sagte das Schneiderlein, „das ist bei unsereinem Spielwerk", griff in die Tasche, holte den weichen Käs und drückte ihn, dass der Saft herauslief. „Gelt", sprach er, „das war ein wenig besser?" Der Riese wusste nicht, was er sagen sollte, und konnte es von dem Männlein nicht glauben. Da hob der Riese einen

Stein auf und warf ihn so hoch, dass man ihn mit Augen kaum noch sehen konnte: „Nun, du Erpelmännchen, das tu mir nach." – „Gut geworfen", sagte der Schneider, „aber der Stein hat doch wieder zur Erde herabfallen müssen; ich will dir einen werfen, der soll gar nicht wiederkommen", griff in die Tasche, nahm den Vogel und warf ihn in die Luft. Der Vogel, froh über seine Freiheit, stieg auf, flog fort und kam nicht wieder. „Wie gefällt dir das Stückchen, Kamerad?", fragte der Schneider. „Werfen kannst du wohl", sagte der Riese, „aber nun wollen wir sehen, ob du imstande bist, etwas Ordentliches zu tragen." Er führte das Schneiderlein zu einem mächtigen Eichenbaum, der da gefällt auf dem Boden lag, und sagte: „Wenn du stark genug bist, so hilf mir den Baum aus dem Wald heraustragen." – „Gerne", antwortete der kleine Mann, „nimm du nur den Stamm auf deine Schulter, ich will die Äste mit dem Gezweig aufheben und tragen, das ist doch das Schwerste."

Der Riese nahm den Stamm auf die Schulter, der Schneider aber setzte sich auf einen Ast, und der Riese, der sich nicht umsehen konnte, musste den ganzen Baum und das Schneiderlein noch obendrein forttragen. Es war da hinten ganz lustig und guter Dinge, pfiff das Liedchen: ‚Es ritten drei Schneider zum Tore hinaus', als wäre das Baumtragen ein Kinderspiel. Der Riese, nachdem er ein Stück Wegs die schwere Last fortgeschleppt hatte, konnte nicht weiter und rief: „Hör, ich muss den Baum fallen lassen." Der Schneider sprang behendiglich herab, fasste den Baum mit beiden Armen, als wenn er ihn getragen hätte, und sprach zum Riesen: „Du bist ein so großer Kerl und kannst den Baum nicht einmal tragen."

Sie gingen zusammen weiter, und als sie an einem Kirschbaum vorbeikamen, fasste der Riese die Krone des Baumes, wo die zeitigsten Früchte hingen, bog sie herab, gab sie dem Schneider in die Hand und hieß ihn essen. Das Schneiderlein aber war viel zu schwach, um den Baum zu halten, und als der Riese losließ, fuhr der Baum in die Höhe, und der Schneider ward mit in die Luft geschnellt.

Als er wieder ohne Schaden herabgefallen war, sprach der Riese: „Was ist das, hast du nicht Kraft, die schwache Gerte zu halten?" – „An der Kraft fehlt es nicht", antwortete das Schneiderlein, „meinst du, das wäre etwas für einen, der siebene mit einem Streich getroffen hat? Ich bin über den Baum gesprungen, weil die Jäger da unten in das Gebüsch schießen. Spring nach, wenn du's vermagst." Der Riese machte den Versuch, konnte aber nicht über den Baum kommen, sondern blieb in den Ästen hängen, also dass das Schneiderlein auch hier die Oberhand behielt..

Der Riese sprach: „Wenn du so ein tapferer Kerl bist, so komm mit in unsere Höhle und übernachte bei uns." Das Schneiderlein war bereit und folgte ihm. Als sie in der Höhle anlangten, saßen da noch andere Riesen beim Feuer, und jeder hatte ein gebratenes Schaf in der Hand und aß davon. Das Schneiderlein sah sich um und dachte: ‚Es ist doch hier viel weitläufiger als in meiner Werkstatt.' Der Riese wies ihm ein Bett an und sagte, er sollte sich hinein legen und ausschlafen. Dem Schneiderlein war aber das Bett zu groß; es legte sich nicht hinein, sondern kroch in eine Ecke. Als es Mitternacht war und der Riese meinte, das Schneiderlein läge in tiefem Schlafe, so stand er auf, nahm eine große Eisenstange und schlug das Bett mit einem Schlag durch und meinte, er hätte dem Grashüpfer den Garaus gemacht. Mit dem frühesten Morgen gingen die Riesen in den Wald und hatten das Schneiderlein ganz vergessen; da kam es auf einmal ganz lustig und verwegen dahergeschritten. Die Riesen erschraken, fürchteten, es schlüge sie alle tot, und liefen in Hast fort.

Das Schneiderlein zog weiter, immer seiner spitzen Nase nach. Nachdem es lange gewandert war, kam es in den Hof eines königlichen Palastes, und da es Müdigkeit empfand, so legte es sich ins Gras und schlief ein. Während es dalag, kamen die Leute, betrachteten es von allen Seiten, und lasen auf dem Gürtel: ‚Siebene auf einen Streich.' – „Ach", sprachen sie, „was will der große Kriegsheld hier mitten im Frieden? Das muss ein mächtiger Herr sein." Sie gingen und meldeten es dem König und meinten, wenn Krieg ausbrechen sollte, wäre dies ein wichtiger und nützlicher Mann, den man um keinen Preis fortlassen dürfte. Dem König gefiel der Rat, und er schickte einen von seinen Hofleuten an das Schneiderlein ab, der sollte ihm, wenn es aufgewacht wäre, Kriegsdienste anbieten.

Der Abgesandte blieb bei dem Schläfer stehen, wartete, bis er seine Glieder streckte und die Augen aufschlug, und brachte dann seinen Antrag vor: „Ebendeshalb bin ich hierher gekommen", antwortete er, „ich bin bereit, in des Königs Dienste zu treten." Also ward er ehrenvoll empfangen und ihm eine besondere Wohnung angewiesen.

Die Kriegsleute aber waren dem Schneiderlein aufgesessen und wünschten, es wäre tausend Meilen weit weg. „Was soll daraus werden?", sprachen sie untereinander. „Wenn wir Zank mit ihm kriegen und er haut zu, so fallen auf jeden Streich siebene. Da kann unsereiner nicht bestehen." Also fassten sie einen Entschluss, begaben sich allesamt zum König und baten um ihren Abschied. „Wir sind nicht gemacht", sprachen sie, „neben einem Mann auszuhalten, der siebene auf einen Streich schlägt." Der König war traurig, dass er um des einen willen alle seine treuen Diener verlieren sollte, wünschte, dass seine Augen ihn nie gesehen hätten, und wäre ihn gerne wieder los gewesen. Aber er getraute sich nicht, ihm den Abschied zu geben, weil er fürchtete, er möchte ihn samt seinem Volke totschlagen und sich auf den königlichen Thron setzen.

Er sann lange hin und her; endlich fand er einen Rat. Er schickte zu dem Schneiderlein und ließ ihm sagen, weil es ein so großer Kriegsheld wäre, so wollte er ihm ein Anerbieten machen. In einem Walde seines Landes hausten zwei Riesen, die mit Rauben, Morden, Sengen und Brennen großen Schaden stifteten; niemand dürfte sich ihnen nahen, ohne sich in Lebensgefahr zu setzen. Wenn er diese beiden Riesen überwände und tötete, so wollte er ihm seine einzige Tochter zur Gemahlin geben und das halbe Königreich zur Ehesteuer; auch sollten hundert Reiter mitziehen und ihm Beistand leisten. ‚Das wäre so etwas für einen Mann, wie du bist', dachte das Schneiderlein, ‚eine schöne Königstochter und ein halbes Königreich wird einem nicht alle Tage angeboten.' – „O ja", gab er zur Antwort, „die Riesen will ich schon bändigen und habe die hundert Reiter dabei nicht nötig, wer siebene auf einen Streich trifft, braucht sich vor zweien nicht zu fürchten."

Das Schneiderlein zog aus, und die hundert Reiter folgten ihm. Als es zu dem Rand des Waldes kam, sprach es zu seinen Begleitern: „Bleibt hier nur halten, ich will schon allein mit den Riesen fertig werden." Dann sprang es in den Wald hinein und schaute sich rechts und links um. Über ein Weilchen erblickte es beide Riesen; sie lagen unter einem Baume und schliefen und schnarchten dabei, daß sich die Äste auf und nieder bogen. Das Schneiderlein, nicht faul, las beide Taschen voll Steine und stieg damit auf den Baum. Als es in der Mitte war, rutschte es auf einen Ast, bis es gerade über die Schläfer zu sitzen kam, und ließ dem einen Riesen einen Stein nach dem andern auf die Brust fallen. Der Riese spürte lange nichts, doch endlich wachte er auf, stieß seinen Gesellen an und sprach: „Was schlägst du mich?" – „Du träumst", sagte der andere, „ich schlage dich nicht." Sie legten sich wieder zum Schlaf, da warf der Schneider auf den zweiten einen Stein herab. „Was soll das?", rief der andere, „warum wirfst du mich?" – „Ich werfe dich nicht", antwortete der erste und brummte. Sie zankten sich eine Weile herum, doch weil sie müde waren, ließen sie's gut sein, und die Augen fielen ihnen wieder zu. Das Schneiderlein fing sein Spiel von neuem an, suchte den dicksten Stein aus und warf ihn dem ersten Riesen mit aller Gewalt auf die Brust. „Das ist zu arg", schrie der, sprang wie ein Unsinniger auf und stieß seinen Gesellen wider den Baum, dass dieser zitterte. Der andere zahlte mit gleicher Münze, und sie gerieten in solche Wut, daß sie Bäume ausrissen, aufeinander losschlugen, so lang, bis sie endlich beide zugleich tot auf die Erde fielen.

Nun sprang das Schneiderlein herab. „Ein Glück nur", sprach es, „dass sie den Baum, auf dem ich saß, nicht ausgerissen haben, sonst hätte ich wie ein Eichhörnchen auf einen andern springen müssen;

doch unsereiner ist flüchtig!" Es zog sein Schwert und versetzte jedem ein paar tüchtige Hiebe in die Brust; dann ging es hinaus zu den Reitern und sprach: „Die Arbeit ist getan, ich habe beiden den Garaus gemacht. Aber hart ist es hergegangen, sie haben in der Not Bäume ausgerissen und sich gewehrt, doch das hilft alles nichts, wenn einer kommt wie ich, der siebene auf einen Streich schlägt." – „Seid Ihr denn nicht verwundet?", fragten die Reiter. „Das hat gute Wege", antwortete der Schneider, „kein Haar haben sie mir gekrümmt." Die Reiter wollten ihm keinen Glauben beimessen und ritten in den Wald hinein: da fanden sie die Riesen in ihrem Blute schwimmend, und ringsherum lagen die ausgerissenen Bäume.

Das Schneiderlein verlangte von dem König die versprochene Belohnung, den aber reute sein Versprechen, und er sann aufs neue, wie er sich den Helden vom Halse schaffen könnte. „Ehe du meine Tochter und das halbe Reich erhältst", sprach er zu ihm, „musst du noch eine Heldentat vollbringen. In dem Walde läuft ein Einhorn, das großen Schaden anrichtet, das musst du erst einfangen." – „Vor einem Einhorne fürchte ich mich noch weniger als vor zwei Riesen; siebene auf einen Streich, das ist meine Sache." Es nahm sich einen Strick und eine Axt mit, ging hinaus in den Wald und hieß abermals die, welche ihm zugeordnet waren, außen warten. Es brauchte nicht lange zu suchen, das Einhorn kam bald daher und sprang geradezu auf den Schneider los, als wollte es ihn ohne Umstände aufspießen.

„Sachte, sachte", sprach er, „so geschwind geht das nicht", blieb stehen und wartete, bis das Tier ganz nahe war, dann sprang er behendiglich hinter den Baum. Das Einhorn rannte mit aller Kraft gegen den Baum und spießte sein Horn so fest in den Stamm, dass es nicht Kraft genug hatte, es wieder herauszuziehen, und so war es gefangen. „Jetzt hab ich das Vöglein", sagte der Schneider, kam hinter dem Baum hervor, legte dem Einhorn den Strick erst um den Hals, dann hieb er mit der Axt das Horn aus dem Baum, und als alles in Ordnung war, führte er das Tier ab und brachte es dem König.

Der König wollte ihm den verheißenen Lohn noch nicht gewähren und machte eine dritte Forderung. Der Schneider sollte ihm vor der Hochzeit erst ein Wildschwein fangen, das in dem Wald großen Schaden tat; die Jäger sollten ihm Beistand leisten. „Gerne", sprach der Schneider, „das ist ein Kinderspiel." Die Jäger nahm er nicht mit in den Wald, und sie waren's wohl zufrieden; denn das Wildschwein hatte sie schon mehrmals so empfangen, dass sie keine Lust hatten, ihm nachzustellen.

Als das Schwein den Schneider erblickte, lief es mit schäumendem Munde und wetzenden Zähnen auf ihn zu und wollte ihn zur Erde werfen; der flüchtige Held aber sprang in eine Kapelle, die in der Nähe war, und gleich oben zum Fenster in einem Satze wieder hinaus.

Das Schwein war hinter ihm hergelaufen, er aber hüpfte außen herum und schlug die Tür hinter ihm zu; da war das wütende Tier gefangen, das viel zu schwer und unbehilflich war, um zum Fenster hinauszuspringen. Das Schneiderlein rief die Jäger herbei, die mussten den Gefangenen mit eigenen Augen sehen; der Held aber begab sich zum Könige, der nun, er mochte wollen oder nicht, sein Versprechen halten musste und ihm seine Tochter und das halbe Königreich übergab. Hätte er gewusst, dass kein Kriegsheld, sondern ein Schneiderlein vor ihm stand, es wäre ihm noch mehr zu Herzen gegangen. Die Hochzeit ward also mit großer Pracht und kleiner Freude gehalten und aus einem Schneider ein König gemacht.

Nach einiger Zeit hörte die junge Königin in der Nacht, wie ihr Gemahl im Traume sprach: „Junge, mach mir das Wams und flick mir die Hosen, oder ich will dir die Elle über die Ohren schlagen." Da merkte sie, in welcher Gasse der junge Herr geboren war, klagte ihrem Vater ihr Leid und bat, er möchte ihr von dem Manne abhelfen, der nichts anders als ein Schneider wäre. Der König sprach ihr Trost zu und sagte: „Lass in der nächsten Nacht deine Schlafkammer offen; meine Diener sollen außen stehen und, wenn er eingeschlafen ist, hineingehen, ihn binden und auf ein Schiff tragen, das ihn in die weite Welt führt." Die

Frau war damit zufrieden, des Königs Waffenträger aber, der alles angehört hatte, war dem jungen Herrn gewogen und hinterbrachte ihm den ganzen Anschlag. „Dem Ding will ich einen Riegel vorschieben", sagte das Schneiderlein. Abends legte es sich zu gewöhnlicher Zeit mit seiner Frau zu Bett; als sie glaubte, er sei eingeschlafen, stand sie auf, öffnete die Tür und legte sich wieder.

Das Schneiderlein, das sich nur stellte, als wenn es schlief, fing an, mit heller Stimme zu rufen: „Junge, mach mir das Wams und flick mir die Hosen, oder ich will dir die Elle über die Ohren schlagen! Ich habe siebene auf einen Streich getroffen, zwei Riesen getötet, ein Einhorn fortgeführt und ein Wildschwein gefangen und sollte mich vor denen fürchten, die draußen vor der Kammer stehen?" Als diese den Schneider also sprechen hörten, überkam sie eine große Furcht; sie liefen, als wenn das wilde Heer hinter ihnen wäre, und keiner wollte sich mehr an ihn wagen. Also war und blieb das Schneiderlein sein Lebtag ein König.

1. Wie Märchen Mut machen

„Das tapfere Schneiderlein" zählt vor allem bei Kindern zu den Lieblingsmärchen. Vermutlich identifizieren sie sich unbewusst mit der Märchenfigur und freuen sich über die Ideenfülle, Gewitztheit und ihre Fähigkeit, aus schwierigen Situationen einen Ausweg zu finden.

Erwachsene tun sich schwerer damit, sich ausgerechnet an einem Märchenhelden zu orientieren, der von zierlicher Gestalt und von begrenzten Kräften ist. Aber bei genauerem Hinsehen wird klar, welche großen Potenziale sich hinter der eher unbedeutenden Fassade verbergen.

Denn nicht alles im Leben verläuft glatt, gradlinig und gut im Sinne der herkömmlichen Moral. Deshalb muss es der Mensch akzeptieren, dass Tricksereien, Listen und Lügen als Bestandteil der dunkleren Seiten des Menschen mitunter nötig sind, um das Leben bestehen zu können.

Insofern liefert uns das Schneiderlein ein mutiges Beispiel.

2. Innen und außen miteinander verbinden

„An einem Sommermorgen saß ein Schneiderlein auf seinem Tisch am Fenster, war guter Dinge und nähte aus Leibeskräften."

Schon gleich zu Beginn dieser heiteren Geschichte mit ihrem ironischen Unterton begegnen wir der Hauptfigur des Märchens, die zugleich sein Namensträger ist, dem tapferen Schneiderlein. Die Märchenhandlung ist geprägt von der sonnigen, positiven Grundstimmung des Märchenhelden. Bereits der erste Satz enthält wesentliche Aspekte seiner Lebenssituation und schildert die Ausgangslage für das künftige Geschehen.

Das Schneiderlein ist voller Freude und mit Hingabe auf seine Arbeit konzentriert. Es sitzt auf einem Tisch am Fenster und nutzt das helle Sonnenlicht. Bei gutem Licht geht ihm die Arbeit schneller von der Hand und es strapaziert die Augen weniger. Symbolisch gesprochen setzt es sich ins rechte Licht. Trotz der frühen Morgenstunde befindet er sich in einer heiteren Gemütsverfassung. Er „näht aus Leibeskräften". Darin liegt eine ironische Anspielung auf seine schwächliche Konstitution. Aber er fühlt sich nicht überfordert, weil er offensichtlich Spaß an der Sache hat und im Einklang mit sich selber ist.

Um gute Leistungen hervorzubringen, sind nicht immer große Körperkräfte nötig. Mitunter ist es sogar wichtig, die eigenen körperlichen und seelischen Grenzen auszuloten. Das dient der Selbsterkenntnis.

Wer sich so engagiert einer Aufgabe widmet, wird sie wahrscheinlich erfolgreich lösen. Vor allem wird er dabei Befriedigung empfinden, vielleicht sogar Sinnhaftigkeit. Darin liegt sein Geheimnis und auch ein Teil seiner Lebenskunst. Vergleichbares lässt sich bei Kindern beobachten, dass sie, wenn sie vollkommen in ihr Spiel vertieft sind, so ganz in sich ruhen. Am Ende des Spiels können sie es loslassen und sich wieder anderen Dingen zuwenden. Dergleichen gelingt auch vielen Künstlern.

Es ist Sommer im Märchen. Im Kreislauf der Natur bildet diese Jahreszeit den Höhepunkt des Wachsens und Reifens. Für das Schneiderlein scheint der Lebenssommer begonnen zu haben. Die Sonne steht für sein waches Bewusstsein. Trotz seiner zierlichen Gestalt befindet es sich im Vollbesitz seiner vitalen und intellektuellen Kräfte. Sein Lebensfrühling mit überzogenen Hoffnungen und Wünschen, aber auch Irrwegen, Illusionen und manchen unnötigen Ängsten gehört der Vergangenheit an.

Wer es – wie das Schneiderlein im Märchen – in seinem Leben aufgrund von eigener Tüchtigkeit, Fleiß und Befähigung geschafft hat, einen sonnigen Arbeitsplatz mit bescheidenem Auskommen zu erlangen und das bei einer ausgeglichenen Gemütslage, der könnte mit dem Ergebnis zufrieden sein in Anbetracht der weit verbreiteten Arbeitslosigkeit.

Der Fensterplatz symbolisiert eine „Nahtstelle", an der sich die Märchenfigur gerade befindet. Fenster und Türen stellen die Grenzbereiche eines Hauses zwischen den Innenräumen und der Außenwelt dar. Ein Fensterplatz bezeichnet einen „Ort der Mitte" zwischen dem Ich und der Welt, der zugleich voller Dynamik ist. Die Augen als „Fenster der Seele" nehmen ständig Bilder von außen auf, die im Inneren in eine Wechselwirkung mit den bereits vorhandenen Erfahrungen, Gefühlen und Kenntnissen treten. Dieser Austausch zwischen dem eigenen Wesen mit den Impulsen von außen aktiviert und bereichert sein Innenleben.

Warum sind Fensterplätze denn so begehrt? Seien sie im Bus, Zug, Schiff, Flugzeug oder im eigenen Büro? Wer möchte stattdessen abgeschirmt von der Außenwelt in einer dunklen Zelle sitzen und ganz auf sich geworfen sein? Der Mensch ist ein Augenmensch. Oft genießt er den Ausblick und Fernblick.

Allein die Wirkung von Tag und Nacht, von Licht und Dunkelheit üben großen Einfluss auf ihn aus, ebenso das Wettergeschehen. Das Erkennen ferner Horizonte deutet im übertragenen Sinn auf die Erweiterung seiner eigenen Persönlichkeit hin. Zudem korrespondieren der Himmel, die Sonne, der Mond und die Sterne als Teil des Kosmos mit der Seele des Menschen und weisen über das Ich hinaus. Da der Mensch ein Bestandteil der Natur ist, kann er sich von den übergeordneten Kräften leiten lassen und sogar Orientierung von ihnen erhalten, wie es zum Beispiel in der Seefahrt üblich ist.

Der Lebensschwerpunkt des Schneiderleins lag bisher vor allem im Inneren des Hauses. Dort hat es seine Kunden empfangen, Maß genommen, Stoffe zugeschnitten, die Teile zusammengenäht, Anproben durchgeführt, geflickt und die Kleider in Stand gehalten. Bei diesen Tätigkeiten war es viel mit sich selber beschäftigt, also mehr introvertiert. Es fehlt ihm noch die gegenpolige Erfahrung, die Extroversion.

Seine Wünsche und Träume sind nun auf die Ferne und auf Veränderung gerichtet. Die Zeit ist „reif" dafür, denn es ist Sommer. – Sein „Lebenssommer" währt nicht ewig und will genutzt werden. Wer den richtigen Augenblick für eine Lebensänderung erfasst und ihn nutzt, versteht etwas von Lebenskunst. Das Schneiderlein erweist sich als Meister darin.

3. Der Museinkauf

So sehr das Schneiderlein auch auf seine Näharbeit konzentriert ist, so gerne lässt es sich darin unterbrechen. Denn es wird ihm ein Genuss besonderer Art in Aussicht gestellt. Oben vom Fenster hat es so ganz nebenbei beobachtet, was unten auf der Straße geschieht. Dort kommt eine Bauersfrau mit einem Korb voller Mustöpfe entlang, die ihre Ware zum Verkauf anbietet. Sofort weckt sie damit seine Aufmerksamkeit und regt seinen Appetit auf eine kleine Leckerei an. Das Angebot erscheint ihm so verlockend, dass er sie mit den Worten „… hier wird sie die Ware los!" zu sich herauf bittet. Mit dieser Einladung weckt er bei ihr die Hoffnung, ein gutes Geschäft zu machen. Das will sich die Bäuerin natürlich nicht entgehen lassen und schleppt – unter Mühen – den schweren Korb die drei Treppen hoch. Sie kann ja nicht ahnen, wie wenig sich der beschwerliche Aufstieg für sie lohnen wird. Oben angekommen nimmt der Schneider jeden Topf in die Hand, hält ihn hoch, beguckt ihn von allen Seiten, riecht daran und prüft seine Farbe. Er verhält sich sehr kritisch und vorsichtig, wägt genau ab, welches Mus ihm am meisten zusagt. Trotz des verführerischen Duftes nimmt er sich die Zeit und trifft schließlich – sorgsam – seine Entscheidung. Er lässt sich nur eine kleine Menge abwiegen – und nicht etwa dazu hinreißen, mehr Mus einzukaufen, als er braucht – und bezahlen kann. Das gesamte Auswahlverfahren hat so lange gedauert und einen so geringen Verkaufserfolg für die Bäuerin eingebracht, dass beides in keinem angemessenen Verhältnis steht.

Das spürt sicherlich auch das Schneiderlein. Aber es kennt seine Bedürfnisse und seine finanzielle Lage genau.

Es hat klare Vorstellungen von dem, was es möchte und vermag sich genaue Grenzen zu setzen und sie einzuhalten. Davon will es nicht abrücken, nur um der Bauersfrau einen Gefallen zu tun. Für sie erscheint sein Verhalten kleinlich, wenn nicht sogar geizig. Anderseits wird deutlich, dass sich das Schneiderlein zu nichts verführen lässt, wovon es in seinem Inneren nicht überzeugt ist. Es bleibt sich selber treu und lässt sich nicht umstimmen. Das einzige, was man ihm in dieser Situation vorwerfen könnte, wäre, dass er bei ihr zu hohe Erwartungen geweckt hat. Enttäuscht über ein wenig lukratives Geschäft verlässt sie den Schneider brummig und verärgert. Ihre Frustration muss er aushalten. Die Frage bleibt, was daran falsch ist, wenn sich jemand klar abzugrenzen weiß, weil er seine Bedürfnisse genau kennt und danach handelt. Viele Menschen haben große Schwierigkeiten damit, herauszufinden, was sie tatsächlich wollen, und ihren Willen dann auch umzusetzen. Es gehört mitunter Mut dazu, bei der Durchsetzung der eigenen Bedürfnisse standhaft zu bleiben. Viele Menschen scheuen eine so klare Abgrenzung gegenüber anderen, weil sie nicht „hart", „egoistisch" oder gar „rücksichtslos" erscheinen möchten. Dank seiner klaren Haltung ist das Schneiderlein nicht manipulierbar und lässt sich nicht fremd bestimmen. Seine Fähigkeit, sich selbst zu bescheiden, ist ein Aspekt seiner Selbstkenntnis.

4. Trotz bescheidener Mittel von etwas Großem träumen

„Die Fliegen aber (…) kamen in immer größerer Gesellschaft wieder. Da lief dem Schneiderlein endlich, wie man sagt, die Laus über die Leber, es langte aus seiner Hölle nach einem Tuchlappen und „wart, ich will es euch geben!", schlug es unbarmherzig drauf. Als es abzog und zählte, so lagen nicht weniger als sieben vor ihm tot (…). „Bist du so ein Kerl?", sprach es und musste seine Tapferkeit bewundern, „das soll die ganze Stadt erfahren!" Und in der Hast schnitt sich das Schneiderlein einen Gürtel, nähte ihn und stickte mit großen Buchstaben darauf: „Siebene auf einen Streich!"

In dieser Szene lernen wir das Schneiderlein von einer ganz anderen Seite seines Wesens kennen. Gerade hat es sich eine Scheibe Brot mit frischem Mus bestrichen, da machen die Fliegen ihm – vom Duft angelockt – die Leckerei streitig. Schlagartig verkehrt sich seine positive Stimmungslage ins Gegenteil. Wütend streckt er mit einem Schlag sieben Fliegen von ihnen nieder. Er wundert sich, staunt über den Erfolg und bewertet ihn als persönliche Tapferkeit. Selbst wenn es sich bei den Fliegen nur um „schwache Widersacher" handelt, erweist er sich als reaktionsschnell und handlungsaktiv. Sich im richtigen Augenblick wehren zu können und sei es im Affekt, ist ein weiterer Aspekt seiner Lebenskunst und seiner Persönlichkeit.

Erst allmählich kommt ihm die Bedeutung der Zahl „7" zu Bewusstsein. Seit dem Altertum gilt die „7" als kosmische und dynamische Zahl. Sie ist mit der Seele verbunden und signalisiert Entwicklung und Wandlung. Beides steht der Märchenfigur nach diesem unscheinbaren Ereignis bevor. Der Anblick der 7 toten Fliegen löst im Schneiderlein einen wesentlichen Selbsterkenntnisprozess aus. Seine bislang nicht gelebten Begabungen und Fähigkeiten drängen ans Licht.

Die „Magie der 7" erweist sich für ihn als Schlüsselerlebnis – ähnlich wie bei der Verpuppung von der Raupe zum Schmetterling im Tierreich. Es geht eine tief greifende Beglückung und Belebung davon aus. Darin liegt die „Initialzündung" für sein eigenes Wachstum und seine Persönlichkeitsentfaltung. Es erlebt eine Bewusstseinserweiterung. Dieser blitzartige Einblick in seine ungelebten Potenziale und das intuitive Erfassen neuer, ungeahnter Möglichkeiten stärkt sein Selbstwertgefühl. Augenblicklich fühlt es sich zu Höherem geboren. Neue Wünsche ans Leben und Träume werden wach. Es erlebt die „Geburtsstunde" seines Märchenheldentums, die ihn zutiefst beglückt und hoch motiviert Die bisherigen Lebensverhältnisse entsprechen nicht mehr seiner Vorstellung von zukünftiger Größe. Er muss sie zurücklassen. Seine Verwunderung über das Geschehen bringt er auf die Formel „Siebene auf einen Streich". Diese Parole, die zu seiner „Losung" wird, stickt er sich auf seinen Gürtel, der ihn als Kraft-Symbol in die Zukunft begleiten wird.

In dem Satz: „Sein Herz wackelte ihm vor Freude wie ein Lämmerschwänzchen", spiegelt sich der ganze Überschwang seiner Gefühle wider, der durch den kurzfristigen Kontakt mit seinem Wesenskern, mit dem schöpferischen Zentrum seiner Persönlichkeit, ausgelöst wurde.

Gibt es dergleichen auch im realen Leben?

Da ist zum Beispiel ein Mensch – gleichgültig ob Mann oder Frau –, der viele Jahre seines Lebens „gut funktioniert" hat. Zuverlässig hat er alle Aufgaben verrichtet, lässt sich „ausnutzen" aufgrund seiner Angepasstheit und Geduld. Die Belastungen und Anforderungen wachsen. Die langjährige Fremdbestimmung erreicht irgendwann ein unerträgliches Maß, bis eines Tages eine Grenze überschritten ist. Ein kleiner Auslöser provoziert einen heftigen Wutausbruch, der sich als Befreiungsschlag erweist. Die inneren Potenziale wollen erkannt und positiv genutzt werden. Dadurch vollzieht dieser Mensch eine grundlegende Wandlung. Er beginnt auf seine innere Stimme Acht zu geben, seine Intuition zuzulassen, um herauszufinden, welche besonderen Fähigkeiten und Begabungen entwickelt werden wollen. Dazu ist viel Mut erforderlich, denn nun möchte er seinem Leben eine neue Richtung geben. Er begreift, wie wichtig es für ihn ist, zu seiner eigenen Persönlichkeit zu stehen. Wenn wir an dieser Stelle das Gleichnis von den Talenten heranziehen, lässt sich davon herleiten, dass der Mensch nicht nur ein „Recht", sondern sogar eine „Verpflichtung" hat, seine ungenutzten Potenziale zu entwickeln und zu seinem eigenen Wesen zu stehen.

5. Loslassen und sich selbst entwickeln

Jeder Märchenheld hat – wie wir Menschen – die Aufgabe, seine Persönlichkeit hin zu mehr Ganzheit zu entwickeln. Dazu gehört es, eine größtmögliche Fülle von Fähigkeiten und Begabungen anzubilden, seinen Willen und die Ichkräfte zu stärken, die verdrängten Wesensteile aus ihrem Schattendasein zu befreien und sie dem Bewusstsein zuzuführen. Die inneren Gegensätze und Zwiespältigkeiten, das Gegeneinander von positiven und negativen Kräften müssen ausbalanciert und miteinander in Einklang gebracht werden.

Nur wenn das einer Märchenfigur im Verlauf der Märchenhandlung gelingt, wird sie uns als Leitfigur und der Orientierung dienen. Da wir Menschen zu den Märchenhelden einen größeren Abstand als zu unserer eigenen Psyche und Person haben, können wir an deren Beispielen lohnende Erkenntnisse und Einsichten gewinnen.

In vielen Märchen wird der Entwicklungsprozess der Märchenfigur durch eine schicksalhafte Herausforderung eingeleitet. Im vorliegenden verhält sich die Ausgangslage anders. Der Schneider ist alleinstehend. Er hat sich eine bescheidene Existenz aufgebaut und seinen Beruf zu einer gewissen Meisterschaft gebracht. Seine Arbeit macht ihm Freude. Aber nun ist sie zur Routine geworden. Instinktiv spürt er, dass ein Verbleib in diesen Lebensverhältnissen den Fluss des Lebens behindern würde. Die Zeit loszulassen ist da. Kein Druck von außen zwingt ihn dazu zu gehen. Sein Entschluss entsteht *„freiwillig"*. Einzig und allein der innere Impuls, dieses innere Wissen durch die „Sieben auf einen Streich" signalisieren ihm, wie wichtig es ist, seinem Leben eine neue Richtung zu geben. Durch dieses „weg-weisende" Erlebnis wird ihm bewusst, dass ihm noch viele Lebenserfahrungen fehlen. Zwar fühlt er sich zu Höherem berufen, aber um sich selbst verwirklichen zu können, braucht er neue Anreize, Herausforderungen und Begegnungen. Seine Abenteuerlust ist groß. Er ist neugierig auf die weite Welt.

Er merkt, dass die Phase der Introversion bei seinen Schneiderarbeiten vorbei ist und eine neue beginnt, die der Extroversion. Es drängt ihn hinaus.

Ein weiterer Aspekt für seinen Aufbruch liegt in der Psyche des Märchenhelden begründet. Denn der Titel des Märchens weist darauf hin, dass nicht ein Schneider die Hauptfigur ist, sondern ein „Schneider*lein*". Die Verkleinerungsform deutet auf seine zierliche Gestalt hin. Sie haftet ihm wie ein „Makel" an. Deshalb wird sie während der ganzen Märchenhandlung thematisiert. Vermutlich hat ihm seine schwächliche Konstitution seit seiner Pubertät physisch und psychisch zu schaffen gemacht. Wenn andere Jungen seines Alters ihre Kräfte maßen, dann vermochte er wohl kaum mitzuhalten. Denn seine körperliche Statur war unabänderlich. Die musste er so akzeptieren. Also hat er, um sich nicht „minderwertig" zu fühlen, mithilfe seiner Intelligenz, der körperlichen Beweglichkeit und mit seiner verbalen Geschicklichkeit Strategien entwickelt, die den vermeintlichen Mangel in einen Vorteil verwandelten. Seine Neigung zur Prahlerei könnte damit zusammenhängen. Hier ist zugleich ein Märchenaspekt angesprochen, der auch viele Menschen berührt und betrifft. Denn fast jeder hat im körperlichen oder seelischen Bereich einen Mangel, den er nicht so ohne weiteres akzeptieren kann. Da wir uns damit so schwertun, versuchen wir zuweilen, aus der Not eine Tugend zu machen. Aber nur, wenn es uns gelingt, uns selber liebend anzunehmen, kann eine solche Wunde allmählich heilen und vernarben. Die eigene Wertschätzung und die Anerkennung unserer selbst sind dabei hilfreich.

Der Abschied von zu Hause gelingt dem Märchenhelden fast spielerisch, weil die bisherige Lebensphase abgeschlossen ist. Es plagen ihn keine Ängste und Unsicherheiten. Sein Entschluss zu gehen steht fest. Sein Bedürfnis, sich selbst zu verwirklichen und neue Ziele in Angriff zu nehmen, ist so stark ausgeprägt, dass alle anderen Empfindungen und Gefühle von Angst vor dem Loslassen oder Trauer über den Abschied überlagert werden. So braucht er auch kein Objekt der Erinnerung mitzunehmen.

Am Ende des Märchens zeigt sich, dass ihm der Bruch mit seinem bisherigen Leben doch nicht so ganz gelungen ist. Im Traum spricht er von seiner Schneiderwerkstatt. Sein Unterbewusstsein hat diese Erfahrung abgespeichert. Allein durch den bewussten Willen gelingt es ihm nicht, sich von seiner Vergangenheit zu lösen. Erst eine tief greifende Auseinandersetzung ermöglicht ihm die nötige Distanzierung von seinem bisherigen Leben. Von seinem frisch gestärkten Selbstwertgefühl angetrieben und aufgewertet durch seinen Kraftgürtel begibt er sich auf den selbst gewählten Weg – dank seiner vorausschauenden Intuition – nur mit einem alten Käse und einem Vogel im Gepäck. Das Schneiderlein kann nicht ahnen, wie bald ihm diese beiden Dinge nützen werden.

Sein Weg führt ihn auf den Gipfel eines Berges. Dort oben erlebt er die Sicht auf ferne Horizonte, die unvorstellbare Weite der Landschaft und ein Gefühl von geistiger Freiheit. In den Mythen stellen Berggipfel den Sitz der Götter dar. Hier im Märchen ist der Märchenheld nun den kosmischen Energien nahe und erfährt eine Erweiterung seines Bewusstseins. Dabei gewinnt er weit reichende Erkenntnisse über sich und die Welt. Die wird er später als König dringend brauchen.

Noch ehe sich seine Zukunftsvorstellungen und Wünsche ins Maßlose steigern, werden sie durch die Konfrontation mit dem Riesen samt dem Kräftemessen auf ein Normalmaß zurechtgestutzt. Die Riesenbegleitung ist so lange erforderlich, bis das Schneiderlein seine Größenfantasien der Realität angepasst hat. Erstaunlich ist es, dass er genug Mut aufbringt, sich in die Höhle der Riesen, also in eine „Falle" zu begeben. Er staunt über das Ausmaß der Höhle, indem er sagt: „Es ist hier doch viel weitläufiger als in meiner Werkstatt." Symbolisch betrachtet erhält er nun den Zugang zu den tieferen Schichten seiner Persönlichkeit und zu seinem Unterbewusstsein. Dort sind verdrängte Aggressionen verborgen, welche die Schattenanteile seiner Psyche re-

präsentieren. Die werden durch die Riesen symbolisiert. Es ist wichtig, diese verdrängten Potenziale dem Bewusstsein zuzuführen, um die darin versteckten Energien sinnvoll nutzen zu können. Dies geschieht durch den mitternächtlichen Mordanschlag der Riesen, den er nur dank seines vorausschauenden Verhaltens überlebt. Als er am nächsten Morgen gesund und munter an den arbeitenden Riesen vorbeigeht, trauen sie ihren Augen nicht und halten das Geschehen für Magie. Vor dem Schneiderlein haben sie nun aber Respekt.

Nach dem überstandenen Höhlenerlebnis wandert er alleine weiter bis zum Hof des königlichen Palastes. Dort fällt er müde und erschöpft in einen tiefen Schlaf, der seiner Erholung dient. Seine Seele braucht Ruhe, um die Riesenaggressionen zu „verdauen", und die Besinnung auf sich selbst. Der „Heilschlaf" symbolisiert einen Reifungsprozess. Seinem Lebensziel ist er im Umfeld des Königs schon ganz nahe gekommen. Der tiefe Schlaf stellt zugleich das Ende seiner Wanderschaft und eine weitere Lebenszäsur dar.

Für die Qualifizierung zum eigenen Königtum fehlt ihm noch die Erfüllung von drei Aufgaben: die beiden Riesen im königlichen Wald töten, das Einhorn und das Wildschwein fangen.

6. Auf dem Weg zum königlichen Palast

Der gesamten Wanderung vom Verlassen der Schneiderwerkstatt bis zum Erreichen des königlichen Schlosses kommt in zeitlicher und örtlicher Hinsicht eine Brückenfunktion zu. Während dieser Phase befindet sich das Schneiderlein auf der Suche nach sich selbst. Seit er die sieben Stubenfliegen getötet hat und seinen Kraftgürtel trägt, fühlt er sich zu Höherem berufen. Aber worin dieses besteht, ist noch nicht deutlich geworden. Durch die Konfrontation mit den Riesen hat er sich mit seinem Schatten auseinandergesetzt und seine körperlichen Grenzen erfahren. Sein Selbstbewusstsein ist vor allem dadurch gestärkt worden, dass es ihm dank seiner geschickten Überlebensstrategie gelungen ist, den Riesen Angst einzuflößen. Gegen die physische Überlegenheit der Riesen vermochte er nichts auszurichten, wohl aber durch seine vorausschauende Taktik und Planung.

Vor den Toren des königlichen Palastes endet seine Suchwanderung, zugleich wird er wieder sesshaft. Wie ist es zu erklären, dass der sonst so fröhlich agierende Schneider auf einmal so müde geworden ist? Ist das ein Ausdruck von Schwäche? Ist er nur erschöpft vom Wandern? Oder signalisiert seine Müdigkeit das Ende dieser Übergangsphase? Er ist kein Schneider mehr. Aber sein Märchenheldentum hat er noch nicht realisiert. Dazu fehlen ihm noch das erfolgreiche Bestehen der ausstehenden Heldentaten.

Er liegt im Gras und fällt in einen tiefen Schlaf. Offenbar braucht er diesen „Pufferzustand" zwischen Wanderschaft und erneuter Sesshaftigkeit, zwischen Vergangenheit und Zukunft. Der Schlaf hilft ihm dabei, Altes loszulassen, sich seelisch von allem Ballast zu befreien, was ihn angestrengt und belastet hat, sich zu entspannen und zur inneren Ruhe zu finden. Selbst wenn das Schneiderlein nicht zu denen zählt, die sich über Anstrengungen beklagen, so hat ihn wohl doch einiges viel Kraft gekostet. Im Schlaf kann er seine „Lebensbatterien" wieder auffüllen. Er kann sich regenerieren. In den Traumhandlungen entstehen aus den Erlebnissen und Erfahrungen Bilder und szenische Abläufe, die die Geschehnisse veranschaulichen. Dadurch können die Ereignisse besser verarbeitet und schließlich seelisch „verdaut" werden. Denn der Schlaf repräsentiert einen Zustand zwischen dem Tagesbewusstsein und dem Unterbewusstsein. Zwischen diesen beiden Polen relativiert sich vieles. Sein tiefer Schlaf ist wie ein „Heilschlaf" anzusehen, der einen Entwicklungs- und Reifungsprozess bewirkt. Zugleich repräsentiert er eine Lebenszäsur. Denn das Schneiderlein wird als ein „Gewandelter" daraus erwachen und bereit sein für neue Ziele.

Neue Aufgaben warten auf ihn. Sein größter Nachteil besteht in seiner einfachen Herkunft, die sich nicht wandeln lässt. Sie kann bestenfalls durch Heldentaten kompensiert werden. Die können ihm den sozialen Aufstieg in den Adelsstand ermöglichen. Während er schlafend im Gras liegt, halten die vorübergehenden Leute ihn wegen seiner Gürtelparole für einen Kriegshelden, der er nicht ist. Zwar wundern sie sich, dass jemand in Friedenszeiten seine vermeintlichen Heldentaten so zur Schau stellt. Aber sie bezweifeln nicht im Mindesten, dass es sich bei den „Sieben auf einen Streich" nur um getötete Soldaten handeln könne. Ihre Verwunderung reicht nicht dazu aus, den Schneider als Aufschneider zu entlarven. Vielmehr glauben sie, tatsächlich einen Kriegshelden vor sich zu haben, der sich durch außerordentliche Heldentaten auszeichnet.

An diesem Märchengeschehen wird deutlich, wie schnell jemand aufgrund einer irrtümlichen Annahme falsch eingeschätzt wird. Im negativen Fall kann sie dazu führen, dass er „entwertet", „abqualifiziert" – oder – wenn er großes Pech hat, sogar kriminalisiert wird. Im Lauffeuer verbreitet sich dann eine solche unhaltbare Meinung über den Betroffenen, sodass schwer wiegende Vorverurteilungen entstehen und in Umlauf gelangen. Ein solcherart Belasteter kann sich kaum mehr davon befreien und wird nicht in jedem Fall später wieder rehabilitiert. Im positiven Fall erhält jemand „Vorschusslorbeeren" und erwirbt sich Achtung und Anerkennung, ohne dergleichen verdient zu haben. Es können sich für ihn Vorteile daraus ergeben, im negativen Beispiel können menschliche Existenzen vernichtet werden. Beides ist bei solchen Fehlinformationen möglich.

Das Schneiderlein im Märchen hat Glück, dass es für seine vermeintlichen Heldentaten soviel Respekt erwirbt. An sie wird seine „Brauchbarkeit" geknüpft. Für den Fall eines ausbrechenden Krieges wird seine „Nützlichkeit" und Bedeutung erwogen. Nur daraus leitet sich das Interesse des Königs am Schneiderlein her. Aus Gründen der Staatsräson werden ihm die königlichen Dienste angetragen. „Eben deshalb bin ich hierhergekommen; ich bin bereit, in des Königs Dienste zu treten", sagt er und nimmt das Angebot mit Freude an.

Das Schneiderlein hat genau auf eine solche Situation gehofft. Deshalb käme es auch nicht etwa auf die Idee, jetzt mit offenen Karten zu spielen. Die Missdeutung seiner Gürtelparole ist gewollt. Genau darin liegt für ihn die Chance für einen gesellschaftlichen Aufstieg. Auf die Weise ist er der Verwirklichung seines Lebenstraumes ein gutes Stück näher gekommen. Dennoch geht er dabei ein großes Risiko ein. Er weiß nicht, in welcher Weise er in Zukunft seine „Kriegskünste" einbringen muss. Zurzeit herrscht Frieden im Königreich, aber das kann sich schnell ändern. Er hat keinerlei Kenntnisse davon, mit welchen Strategien Schlachten zu schlagen sind. So handelt das Schneiderlein im vollen Vertrauen darauf, dass sein Plan nach seinen Vorstellungen aufgehen wird. Vor einer möglichen Lebensgefahr im Kriegsfall schreckt er nicht zurück.

7. Der König im Zwiespalt

Kaum ist das Schneiderlein in die königlichen Dienste getreten und auf seiner Karriereleiter gleich mehrere Stufen auf einmal hochgestiegen, ohne dafür wirklich qualifiziert zu sein, da beginnt sich hinter den Kulissen seine Lage zuzuspitzen. Gerade noch hatten die Kriegsleute den „Kriegshelden" aufgrund seiner Gürtelparole als große Bereicherung und Stärkung ihrer Wehrhaftigkeit eingestuft, ohne auf seine schwächliche Konstitution geachtet zu haben. Da drängen sich ihnen Zweifel auf an ihrer voreiligen Handlungsweise. Bei gründlichem Nachdenken entpuppt sich der Vorteil ihrer Entscheidung als Nachteil. Angstgefühle vor einem gefährlichen Konkurrenten befallen sie. Denn sei es, dass einer von ihnen mit ihm in einen Streit geriete, dann könnte es um ihn – und um weitere sechs – geschehen sein. Bei dieser Vorstellung sehen sie sich von dem Neuen auf einmal bedroht und machen sich Sorgen um ihr Überleben. Ihre Verunsicherung und Ängste steigern sich bis hin zur Panik, sodass sie lieber ihren Dienst beim König quittieren wollen, als sich einer solchen Gefahr auszusetzen. Ihre ursprünglich positive Stimmung ist gekippt. Deshalb schließen sie sich zusammen, bilden ein Kollektiv, um ihren Wunsch, beim König zu verbleiben, mit größerem Nachdruck vertreten zu können. Ihr Entlassungsgesuch kommt einer „Erpressung" gleich. Denn der König war bisher mit ihrer Arbeit sehr zufrieden. Er sieht gar nicht ein, warum er – um des einen willen – die Altgedienten entlassen soll. Es ist erstaunlich, wie schnell der Stimmungswechsel der Kriegsleute sich auf den Monarchen übertragen hat. Er hat sich von ihren Ängsten und Sorgen „anstecken" lassen, sodass er nun selbst um sein Leben bangt. Wenn er den Fremden wieder entließe, so fürchtet er, könnte sich das Schneiderlein an ihm rächen. An diesem Beispiel wird deutlich, wie schnell Ängste um sich greifen und auch andere erfassen können. Angst ist jedoch ein schlechter Ratgeber, weil sie die Wahrnehmung einengt. Durch sie ist die Ebene einer sachlichen Auseinandersetzung verlassen.

Der König bereut seine übereilt getroffene Entscheidung und ist betrübt über das Ansinnen seiner Soldaten, ihren Dienst quittieren zu wollen. Er will sie behalten, weil er ihnen vertraut. Er befindet sich in einer Zwangslage und sucht nach einer Lösung. Schließlich hat er eine Idee.

An diesem Märchenbeispiel wird deutlich, wie schnell auch wir Menschen uns mitunter im realen Leben – sei es aus überschwänglicher Begeisterung oder zu großer Spontaneität – zu einem unumkehrbaren Verhalten hinreißen lassen, ohne im Vorfeld hinreichend die Konsequenzen bedacht zu haben. Erst bei näherem Hinsehen – oder wenn wir zur Ruhe gekommen sind – bemerken wir, wie sehr wir uns im Eifer des Gefechts haben täuschen lassen. Dann würden wir am liebsten unsere Fehlentscheidung wieder rückgängig machen. Aber oft ist es dazu zu spät.

An diesem Punkt der Märchenhandlung wird noch ein Aspekt angesprochen, der das Schneiderlein betrifft. Natürlich wollte er mit seiner Gürtelparole Eindruck schinden und auf sich aufmerksam machen. Denn er ist eitel und ehrgeizig. Bei den Riesen ist es ihm mit mäßigem Erfolg gelungen. Aber hat er tatsächlich beabsichtigt, in einem solchen Maß Ängste zu verbreiten, sodass sogar Krieger vor ihm Reißaus nehmen wollen? Durch die Vorspiegelung von Heldenhaftigkeit, Tapferkeit und Kampfesmut signalisiert er in einem so hohen Maß „Bedrohlichkeit" und „Gefährlichkeit", dass die im Missverhältnis zu seiner sonst so freundlichen und fröhlichen Wesensart stehen. Das vermeintliche Kriegsheldentum bildet einen großen Gegensatz zu seiner physischen Schwäche. Auf diese Weise strahlt er Widersprüchliches aus. Diese Zwiespältigkeit erschwert es ihm, ein Vertrauensverhältnis zum König und zu dessen Tochter aufzubauen. Zwar meistert der Schneider die nun folgenden Heldentaten, aber dennoch erwecken sie widersprüchliche Gefühle bei seinem Auftraggeber.

Ob sich der Schneider darüber hinreichend im Klaren ist, bleibt offen. In dem Bereich hat er noch einen wichtigen Lernprozess vor sich.

8. Die Strategie des Königs

Der König glaubt mit seiner Idee einen Ausweg aus seinem Dilemma gefunden zu haben. Er bietet dem Schneider eine sehr gefährliche Aufgabe an, die nur mit viel Mut und großem kämpferischen Geschick zu lösen ist. Bisher ist dies noch niemandem in seinem Reich gelungen. Denn im königlichen Wald treiben zwei Riesen ihr Unwesen mit Rauben, Morden und Brandschatzen. Die würde der König nur zu gerne loswerden. Tatsächlich verfolgt er eine problematische Strategie. Er hofft, dass das Schneiderlein die Riesen bekämpft – mit viel Glück sie sogar tötet – und dabei selbst ums Leben kommt. Wenn der Schneider auf die Weise den „Heldentod" stürbe, könnte er, der König, seine Kriegsleute behalten und müsste auch selbst nicht um sein Leben bangen. Das Königreich bliebe ungeteilt und er der uneingeschränkte Herrscher. Seine wunderschöne Tochter bliebe noch eine Zeitlang bei ihm, bis er für sie einen angemessenen Heiratskandidaten gefunden hätte.

Das Schneiderlein geht unvoreingenommen auf das königliche Angebot ein. „O ja", sagt es, „die Riesen will ich schon bändigen und habe 100 Reiter dabei nicht nötig, wer siebene auf einen Streich trifft, fürchtet sich nicht vor zweien."

Ob das Schneiderlein die böse Absicht, die hinter dem königlichen Plan steckt, durchschaut, bleibt offen. Jedenfalls verhält es sich souverän und klug genug, dies für sich zu behalten. Fest steht jedoch, dass es sich diese Aufgabe aufgrund seines gesunden Selbstvertrauens, seiner geistigen Flexibilität und körperlichen Beweglichkeit zutraut und an seinen Erfolg glaubt. Der in Aussicht gestellte Lohn für diese Heldentat motiviert ihn sehr: Das halbe Königreich und die Prinzessin als Braut zu erhalten, ist für ihn äußerst erstrebenswert. Denn es brächte ihm Sozialprestige ein.

9. Mit geistiger Beweglichkeit gegen die Riesengewalt

Ein Kernthema der Märchenhandlung ist zugespitzt auf die Auseinandersetzung zwischen dem Schneiderlein und den Riesen. Sie bilden große Gegensätze und werden zu Rivalen. Riesen sind Giganten, also überstarke Wesen. Sie stellen die Verkörperung von Naturgewalten und von destruktiven, zerstörerischen Kräften dar. Die erste Riesenbegegnung findet auf dem Berggipfel statt und endet in der Riesenhöhle. Die zweite beinhaltet den Auftrag des Königs, die beiden Riesen in seinem Wald zu beseitigen. Nun wird es sich zeigen, ob das Schneiderlein das mutig zur Schau getragene Heldentum, das sein Gürtel signalisiert, beweisen kann. Die Probe aufs Exempel steht noch aus. Als Schneider versteht er sich auf die Wirkung eines solchen „Accessoires". Die runde Form des Gürtels symbolisiert die Unendlichkeit und weist zugleich darauf hin, dass sein Träger sich hin zu mehr Ganzheit entwickeln muss. Um diesem Ziel näher zu kommen, muss er sich den „riesenhaften Herausforderungen" stellen – und sich darin bewähren. Insofern hat das Schneiderlein Glück, dass gleich der erste Riese ihn als „Kriegshelden" ansieht und ihm dafür ein wenig Respekt zollt. Denn dessen eigenes Handeln ist stets von großem Aggressionspotenzial bestimmt. Damit verkörpert der Riese die Schattenanteile des Schneiderleins. Um seinen Gegner einzuschüchtern, attackiert er ihn verbal: „Du Lump! Du miserabler Kerl!" Aber davon lässt sich das Schneiderlein nicht beeinträchtigen. Es folgen mehrere Kraftproben: einen Stein ausdrücken, einen Stein weit werfen, einen Eichbaum tragen, helfen eine Kirschbaumkrone festzuhalten. Die übermäßige Körperkraft des Riesen hätte das Schneiderlein verzagen lassen können. Aber das Gegenteil ist der Fall. Es hat erkannt, dass die enorme physische Kraft des Riesen mit geringen geistigen Kräften gepaart ist. Und genau darin sieht es seine Chance. Es vertraut seinem wachen

Verstand, seiner Reaktionsschnelligkeit und Wortgewandtheit. Es lässt sich nicht provozieren und gewinnt mithilfe seiner Pfiffigkeit, Gewitztheit und seiner Ideenfülle bei allen Kraftproben die Oberhand, bleibt lustig und fröhlich.

Mit diesem geschickten Verhalten kann es uns Menschen dazu ermutigen, selbst vor „Riesenproblemen" nicht davonzulaufen und sich von ihnen nicht verschrecken zu lassen, sondern sich ihnen zu stellen. Es ist dann wichtig, Ruhe zu bewahren und die Nerven zu behalten, nachzudenken und – wenn nötig – auch nach ganz ungewöhnlichen, kreativen und ideenreichen Lösungen zu suchen. Dabei gilt es im Auge zu behalten, welche eigenen Möglichkeiten und Fähigkeiten einem zur Verfügung stehen. Vor allem im Umgang mit Menschen ist eine größere Frustrationstoleranz hilfreich, wie das Schneiderlein sie hat.

Nach dem Kräftemessen mit dem Riesen folgt die Einladung zur Übernachtung in deren Höhle. Das Schneiderlein möchte sich nicht die Blöße geben, aus Angst das Angebot auszuschlagen. Gerade wegen seines Kraftgürtels stünde es sonst als Feigling da. Aber es dürfte ihn schon Überwindung gekostet haben, sich wissentlich in eine so gefährliche „Falle" zu begeben. Als Schlafplatz wird ihm ein Riesenbett angeboten, gewissermaßen ein „Prokrustesbett" wie in der griechischen Mythologie. Wenn es sich darin während des Schlafes lang ausgestreckt und sich durch die Riesen-Verführung zur Selbstüberschätzung hätte verleiten lassen, wäre es um das Schneiderlein geschehen gewesen. Denn um Mitternacht teilt der Riese mit brachialer Gewalt das Bett in zwei Teile. Dank seiner Vorsicht und Wachsamkeit, aber auch wegen seiner vorausschauenden Intuition überlebt es den Anschlag. Gerade rechtzeitig genug hat es seine eigene „Begrenztheit" realisiert und die Riesen-Aggression durchschaut und ihr vorgebeugt. Durch Bewusstwerdung der Gefahr konnte es dem Anschlag unversehrt entkommen.

Die letzte Riesenprüfung hat das Schneiderlein im königlichen Wald zu bestehen. Die beiden Riesen verkörpern Streitlust, Reizbarkeit, blindwütige Affekte und Gewalttätigkeit, die das gesamte Umfeld durch Rauben, Morden, Sengen, und Brandschatzen gefährden. Da es das Schneiderlein ist, das den Auftrag zu deren Beseitigung erhält, hat das Riesenproblem etwas mit ihm zu tun. Denn das gefährliche Treiben in der Außenwelt spiegelt den inneren Zwiespalt des Märchenhelden wider. Einerseits soll er im Kampf gegen die Riesen sein Leben riskieren, andererseits muss er durch außerordentliche Leistungen den fehlenden Adelsstand kompensieren. Dieser Widerspruch ist nur mit einem gesunden Selbstwertgefühl, geistiger und körperlicher Beweglichkeit und vor allem mit unkonventionellen Ideen zu lösen. Seine spielerische Leichtigkeit hilft ihm dabei. Die 100 Reiter, die ihn bei der Beseitigung der Riesen unterstützen sollen, lässt er am Waldrand zurück, denn *er* muss sich als Held erweisen und den Kampf allein bestehen. Das Schneiderlein verfügt über die nötige Erfahrung im Umgang mit Riesen. Es weiß um ihre enormen Körperkräfte, ihre Hinterhältigkeit und ihre geistige Trägheit. Ihr lineares und eindimensionales Denken und Handeln ist für ihn leicht durchschaubar. Physisch sind sie ihm vollkommen überlegen. In einer direkten Konfrontation hätte es keine Chance gegen sie. Es hat Glück, dass es die Riesen im Wald schlafend antrifft. So kann es seine geistige Flexibilität für seine gezielte Strategie nutzen. Es sammelt Steine, steigt dann auf den Baum, unter dem die beiden liegen. Nun beginnt es sein Spiel, sie mit Steinen zu bewerfen, bis sie sich gegenseitig anschuldigen und ein großer Streit zwischen ihnen entbrennt. Eigentlich sind sie beide sehr müde und wollen schlafen. Aber wieder und wieder beginnt das Schneiderlein damit, sie mit Steinwürfen aus dem Schlaf zu wecken. Das steigert ihre Aggressionen. Den Verursacher bemerken sie nicht.

Im Märchen werden die Riesen durch Steinwürfe so lange provoziert, bis ihre Streitlust auf die Spitze getrieben ist und eskaliert, sodass sie einander töten. Die Klugheit des Märchenhelden besteht darin, dass er die Gewaltbereitschaft dorthin delegiert, wo sie mit Gewalt beantwortet wird. Nun braucht das Schneiderlein als Beweis für seine Heldentat nur sein Schwert zu ziehen und es den Riesen in die Brust zu stoßen, seine erste Heldentat ist vollbracht.

10. Das Einhorn und das Wildschwein fangen

Die Eheschließung mit der Prinzessin als Lohn für seine Heldentat wird vertagt. Stattdessen soll er auch noch das Einhorn und das Wildschwein fangen. Die wecken im Schneiderlein ganz neue Wünsche und Sehnsüchte. Dafür ist es wiederum gerne bereit die letzten beiden wilden Tiere im königlichen Wald zu fangen und dem König lebend zu übergeben.

Offenbar muss er als Märchenheld noch solche Kräfte entwickeln, die sich auf die Instinkte und Triebe beziehen und von diesen beiden Tieren repräsentiert werden.

Mit Axt und Strick ist er angemessen ausgerüstet und begibt sich in den Wald. Er kennt sich mit dem Verhalten des Einhorns aus und hat sich eine geschickte Taktik überlegt. Davon hängt sein Jagderfolg ab.

Das Einhorn ist ein Fabelwesen von besonderer Schönheit, großer Kraft und Schnelligkeit. Sogar magische Kräfte werden ihm zugesprochen. Es spielt in verschiedenen Mythologien eine Rolle. Oft wird es als weißes Pferd mit einem einzigen Horn dargestellt, das der Stirn entspringt und deshalb für Geisteskraft steht. Als Wappentier symbolisiert es Macht und königliche Herrschaft. Grundsätzlich werden dem Einhorn ambivalente Eigenschaften zugeschrieben. Die enorme Stoßkraft des Horns kann sowohl sexueller als auch spiritueller Natur sein. Latent steckt in der Einhorn-Thematik ein phallisch-sexuelles Problem, das der Märchenheld später in seiner Ehe zu lösen hat. Das wilde Tier im Wald deutet auf ungebändigte, männliche Potenz hin, wie sie vor allem in der postpubertären Entwicklungsstufe bei jungen Männern anzutreffen ist. Der Legende nach könne das Einhorn nur im Schoß einer Jungfrau gezähmt werden.

Das Schneiderlein macht sich das Wissen im übertragenen Sinn zunutze. Die gewaltige Stoßkraft des Horns wird im Baumstamm ausgebremst. So erweist sich das gegensätzliche Prinzip, also das Weiche, Nachgiebige, als das Stärkere. Dieses Prinzip können auch wir uns in verhärteten Situationen zunutze machen, wenn uns dieser Zusammenhang bewusst ist.

In dem Augenblick, als das Einhorn zielgerichtet auf den Schneider zuläuft, springt er wie ein Torero hinter einen Baum, so dass es sein Horn mit voller Wucht in den Stamm rammt und feststeckt. Dank dieser wohl überlegten, aber unkonventionellen Jagdmethode hat er Erfolg und kann das Tier anschließend am Strick dem König vorführen.

Trotz der gelungenen zweiten Heldentat hält der König sein Versprechen nicht.

Im übertragenen Sinn wird an dieser Szene deutlich, welche Gefahren von jeglicher „Einhörnigkeit" ausgehen, zum Beispiel wenn sich ein Mensch in eine Idee verrennt, auf etwas fixiert ist und sich zu einseitig festlegt. Verbohrtheit, Zwanghaftigkeit, Sturheit können die Folgen sein. Die zu einseitige Ausrichtung der Gedanken, des Geistes verleiten zu Dogmatismus, Ideologien und sonstigen Festlegungen. Aber genau dadurch ist der lebendige Fluss der Gedanken, das Entstehen der inneren Bilder und Vorstellungen unterbunden, die Kreativität geht verloren, meist auch alles Spielerische und der Humor. Wer jedoch so agil und lebendig auf das Verrennen des Einhorns reagiert, wie das Schneiderlein, hat einen guten Weg gefunden, aller Verbohrtheit entgegenzuwirken.

Wie es für viele Märchen bezeichnend ist, wird dem Schneiderlein noch eine dritte Heldentat abverlangt, bis er die Prinzessin zur Frau und das halbe Königreich erhält. Bevor die Eheschließung näher rückt, muss er sich einer weiteren Bewährungsprobe unterziehen. Welche Lektion steht dem Märchenhelden noch bevor?

Da er ein Wildschwein einfangen soll, liegt es nahe, dass erotische Wünsche und Bedürfnisse bei dieser Aufgabe mit im Spiel sind. Denn das Schwein symbolisiert Fruchtbarkeit und gilt deshalb als Glückssymbol. Es wurde bereits in archaischer Zeit domestiziert und kultisch verehrt. In der heutigen Zeit ist es ambivalent in seiner Symbolik. Es wird als unrein angesehen, weil es sich gern im Dreck suhlt und fast jeden Abfall frisst. Oft wird es mit primitiver Sexualität assoziiert. Eine Reihe von Redensarten verdeutlichen die Ambivalenz. Da ist zum Beispiel von „du hast Schwein gehabt", genauso die Rede, wie davon „die Sau ʼrauszulassen". Es besteht ein Spannungsverhältnis zwischen der Körper- und Triebfeindlichkeit und der Genussfähigkeit, Lebenslust und Vitalität. Je mehr der Mensch zum Beispiel durch eine strenge Erziehung gezwungen wird, das „innere Schwein" zu unterdrücken oder er dies von sich aus tut, desto mehr Fantasien entstehen, die zu Ersatzhandlungen führen können. Das kann zuweilen sogar Zwangsneurosen (Waschzwang) oder Depressionen verursachen. Das Schneiderlein hat die Aufgabe, sich hin zu mehr Ganzheit zu entwickeln. Dazu gehört es, die Trieb- und Instinktnatur mit den geistigen Werten zu verknüpfen. So sperrt es das vor Wut schnaubende Schwein in der Kapelle ein, springt selbst zum Fenster wieder hinaus, läuft außen herum und schlägt die Kapellentür zu. Dort wird das Schwein so lange rasen und toben, bis sich seine überschäumenden Emotionen gelegt haben. Die Jäger des Königs können sich von der erfolgreichen Gefangennahme des Wildschweins überzeugen. Im übertragenen Sinn gilt, dass auch in der menschlichen Seele die Gegensatzvereinigung von Religiösem und Triebhaftem mitunter mit großen Turbulenzen verläuft. Die Märchenfigur soll auf symbolischer Ebene für uns die Sexualität und Erotik aus der Tabuzone herausholen und sie als Teil des Menschseins akzeptieren. Damit hilft sie uns, der Verdrängung oder der Geringschätzung der Körperlichkeit entgegenzuwirken. Denn der Mensch als ein Teil der Natur muss die körperlichen und seelischen Bedürfnisse miteinander in Einklang bringen, um so zu seiner inneren Mitte zu finden. Wenn das gelingt, wird das Leben von mehr Vitalität und Lebensfreude erfüllt sein. Die freigesetzten Energien können dann für eine sinnhafte Lebensgestaltung genutzt werden.

Die erfolgreiche Gefangennahme des Einhorns und des Wildschweins symbolisiert, dass es dem Schneiderlein durch diese beiden

Heldentaten gelungen ist, zu einem lebendigen Ausgleich zwischen seinen körperlichen, seelischen und geistigen Bedürfnissen zu finden. Er ist bei sich angekommen und zu seiner Höchstform ausgelaufen.

Nun kann ihm der König das gegebene Versprechen nicht länger vorenthalten.

11. Die Hochzeit

Normalerweise bildet eine Märchenhochzeit den Höhepunkt – und den Schluss einer Märchenhandlung. Mit ihr geht die Suchwanderung des bzw. der Märchenhelden zu Ende. Das Märchenpaar, das füreinander bestimmt ist, erlebt durch die Heirat seine Erfüllung. Aber in diesem Märchen verhält es sich anders. Denn nach der Hochzeit hat das Paar noch ein schwer wiegendes Problem zu lösen.

In dem Märchentext: „Die Hochzeit ward also mit großer Pracht und kleiner Freude gehalten und aus einem Schneider ein König gemacht", ist eine Spitze enthalten. Die „große Pracht" steht der „kleinen Freude" gegenüber. Die Überbetonung der Äußerlichkeiten, der königliche Glanz, Prunk und der verschwenderische Rahmen überlagert die mehr emotionalen und seelischen Aspekte der Freude. Natürlich gibt es auch die stille kleine Freude, die tief beglückend oder berührend sein kann. Aber in diesem Märchen soll die prunkvolle Hochzeitsfeier beeindrucken und dem Königshof zu größerem Ansehen verhelfen. Sie soll bei den Hochzeitsgästen für Furore sorgen, denn durch Glanz und Glorie lässt sich die Macht ausbauen und festigen. Das ist für die Monarchie wichtig und gewollt. Wen kümmert es dabei, wenn das persönliche Glück der Betroffenen ins Hintertreffen gerät?

Denkbar wäre, dass die Freude einseitig ist. Denn das Schneiderlein hat lange auf diesen Höhepunkt in seinem Leben hingewirkt. Als ihm die Eheschließung mit der Prinzessin verheißungsvoll als „Lohn" für die Beseitigung der Riesen in Aussicht gestellt wurde, war es sicherlich hoch motiviert, die Heldentat erfolgreich zu vollbringen.

Anders gestaltet sich die Frage bei der Prinzessin. Hat der Vater seine Tochter in seine Pläne eingeweiht und sie um ihre Einwilligung gebeten? Oder ist sie von der väterlichen Absicht überrollt worden? Wie hat sie den zukünftigen Bräutigam wahrgenommen? Trotz seiner Heldentaten verkörpert er nicht gerade Stattlichkeit oder einen Mann, der ihr Schutz, Geborgenheit und Halt zu geben verspricht.

Natürlich könnte er, selbst wenn er von zierlicher Gestalt ist und über keine großartige männliche Ausstrahlung verfügt, auf sie sympathisch wirken und sie erotisch anziehen.

Auch beim Schneider ist nicht klar zu erkennen, in welcher Beziehung er zur Königstochter steht. Wie gut kennt er sie überhaupt? Ist er von ihrer Schönheit fasziniert, die in ihm erotische Wünsche weckt? Auf symbolischer Ebene klangen diese Aspekte bereits beim Fangen des Einhorns und des Wildschweins an. Oder hat er bei dieser Heirat vor allem seinen sozialen Aufstieg im Blick?

Offen bleibt, inwieweit auf beiden Seiten unterschwellige Ängste da sind, die eine große Freude klein halten.

Der Schneider ist ein Aufsteiger, ein Emporkömmling. In früheren Jahrhunderten war es nichts Besonderes, wenn ein Mann sich im Kampf bewährt und große Meriten erworben hatte, er in den Adelsstand erhoben wurde. Aber hier im Märchen spielt der Schneider nicht mit offenen Karten. Er verrät niemandem, dass die „Sieben auf einen Streich" gar nichts mit Heldentum zu tun haben. Dies aufzudecken würde bedeuten, sich der Lächerlichkeit preiszugeben. Das kann und will er sich nicht leisten. Und die Tatsache zuzugeben, „nur" ein Schneidermeister zu sein, möchte er auch nicht. So befindet er sich in einer Zwickmühle. Um sich solche Peinlichkeiten zu ersparen, hält er es für das Beste, über seine Vergangenheit den Mantel des Schweigens zu breiten. Aufgrund seiner tatsächlich geleisteten Heldentaten ist er wer. Darauf kann er stolz sein und braucht sich nicht zu verstecken. Aber unterschwellig weiß er um seine Schwachpunkte. Die könnten eines Tages ans Licht kommen. Diese Vorstellung ist ihm unangenehm. Hinzu kommt, dass es ihm nicht sonderlich bewusst ist, dass – nach wie vor – seine Gürteldevise dem Schwiegervater eine gewisse Furcht einflößt. Die lässt sich trotz des Verwandtschaftsgrades nicht ganz beseitigen.

Durch die Verheiratung seiner einzigen Tochter mit dem vermeintlichen Kriegshelden hoffte der Königvater, sich der Bedrohung, die von seinem Schwiegersohn auszugehen scheint, entziehen zu können. Bei diesem Entschluss fühlte er sich hin- und hergerissen. Dieser Zwiespalt übertrug sich auf seine vaterbezogene Tochter. Von einer Mutter ist keine Rede im Märchen. Also belasten seine Ängste, da sie nicht ausgeräumt werden konnten, ihn und seine Tochter. Gefühle von Angst – oder gar Furcht – dämpfen jegliche Freude.

12. Der verräterische Traum

Die Hochzeit ist vorüber. Das Schneiderlein ist mit einer hübschen Prinzessin verheiratet, die nun zur Königin avanciert ist. Die beiden sind ein Paar. Aber ein echtes „Märchenpaar" sind sie nicht. Sie leben in königlichen Verhältnissen und könnten optimistisch in die Zukunft blicken. Das gelingt ihnen nur für eine kurze Zeit.

Beide verstehen sich gut auf Äußerlichkeiten. Sie haben Sinn für geschmackvolle Garderobe und Eleganz. Bei ihr verhält es sich so, weil sie von klein auf daran gewöhnt und so geprägt worden ist. Ihr gefallen schöne Kleider, Schmuck und Pomp, weil dergleichen zum Hofleben dazugehört. Das Schneiderlein ist von Berufs wegen darauf ausgerichtet, sich optisch vorteilhaft darzustellen. Bezogen auf seine Kunden hat er dafür gesorgt, sie jeweils bestmöglich zu kleiden. In diesem Punkt dürfte das Königspaar weitgehend übereinstimmen. Diese Äußerlichkeiten betreffen nur die „Persona". Dazu gehören auch die gesellschaftliche Stellung und Titel. Das Schneiderlein hat aufgrund seiner außergewöhnlichen Tüchtigkeit die Königswürde erlangt. Der Prinzessin wurde der Adelstitel vererbt. Sie musste sich ihn nicht „verdienen". Bezüglich ihrer Geisteshaltung fehlt ihr allerdings noch ein wichtiger Entwicklungs- und Reifeprozess, wie es sich am Umgang mit dem Traumgeschehen ihres Mannes zeigt. Denn im Märchen symbolisieren der König oder die Königin die Ganzheit. Davon sind sie beide noch um einiges entfernt, sonst wäre das Märchen mit ihrer Hochzeit zu Ende gewesen. Das Schneiderlein hat deshalb wohl auch nur ein halbes Königreich erhalten.

In ihrer jungen Ehe haben die beiden bisher nicht wirklich zueinander gefunden. Ihr mangelt es wahrscheinlich an einer tieferen Zuneigung für ihren Mann, weil ihr Vater sie dem Schneiderlein „versprochen" hat und sie ihn sich nicht hat aussuchen können. Ihre Gefühlskälte tritt zutage, als sie durch den Traum ihres Mannes erfährt, dass er nur ein Schneider gewesen ist. Darin sagt er: „Junge, mach mir das Wams und flick mir die Hosen, oder ich will dir die Elle über die Ohren schlagen!" An seiner Traumhandlung wird deutlich, dass er noch mit der Vergangenheit identifiziert ist. Sein Königtum ist in seinen tieferen Seelenschichten noch nicht angekommen. Über seinen Werdegang hat er mit niemandem gesprochen – auch nicht mit seiner Frau. Wahrscheinlich hatte er längst ihre Voreingenommenheit gegenüber dem Nicht-Adel gespürt. So war es ihm wichtiger, den äußeren Schein zu wahren und verschiedene Informationen über seine Person für sich zu behalten. Aber da es im Märchen um die Weiterentwicklung der Märchenhelden geht, musste das Geheimnis gelüftet werden und die Wahrheit ans Licht kommen. Sein Unterbewusstsein sorgte dafür, dass dies geschah. Wie hätte er denn auch seiner hübschen, jungen Frau vermitteln sollen, dass ausgerechnet ein so lächerlicher Vorgang wie das Töten von sieben Stubenfliegen in ihm die Vision von Tapferkeit und künftiger Größe ausgelöst hat? Fehlte es ihm an Mut, Aufrichtigkeit und Ehrlichkeit – oder war es gar Scham, die ihn davon abgehalten hat, ihr seine wahre Identität anzuvertrauen? Sicher kannte er ihre Abneigung gegenüber den Unterprivilegierten. Oder mangelte es den Eheleuten nicht ohnehin an gegenseitigem Vertrauen?

Denn er hatte längst bemerkt, wie vaterbezogen sie ist. Von ihrer Mutter ist im Märchen keine Rede. Wahrscheinlich ist sie früh verstorben. Deshalb fehlte ihr das weibliche Vorbild. Der Vater hat sie vermutlich allein erzogen, sie umsorgt und behütet. Die beiden sind miteinander vertraut. Deshalb verhält sie sich so angepasst, folgt seinen Wünschen und Vorgaben – wohl auch bezüglich der Eheschließung. Das heißt zugleich, wie abhängig sie sich von ihrem Vater gemacht hat und deswegen von ihm fremdbestimmt wurde. Das zeigt, wie sehr ihre eigene Animusseite (männliche Seite) blockiert ist. Denn sie verlässt sich auf seine Urteilskraft und Entscheidungsfähigkeit. Ihr eigenes Denken und Handeln hat sie an ihn delegiert. Die notwendige Eigenständigkeit steht ihr in vielen Lebensbereichen noch nicht zur Verfügung und liegt im Schatten, aus dem sie „erlöst" werden muss. So wird es verständlich, dass sie nach der Traumoffenbarung nicht etwa ihren Mann zur Rede stellt, um herauszufinden, was es damit auf sich habe, sondern sie sich Hilfe suchend an ihren Vater wendet. Sie fühlt sich betrogen und in ihrer Ehre verletzt, weil sie voller Standesdünkel ist. Sie glaubt, es nicht ertragen zu können, mit einem ehemaligen Schneider verheiratet zu sein. Darüber ist sie entsetzt und enttäuscht zugleich. Ihr Vater tröstet sie und weiß Rat, wie das Problem gelöst werden könnte. Moralische Bedenken kommen ihr nicht, als sie sich gegen den eigenen Ehemann mit dem Vater verbündet, der ihr rät: „Lass in der nächsten Nacht deine Schlafkammer offen; meine Diener sollen außen stehen und, wenn er eingeschlafen ist, hineingehen, ihn binden und auf ein Schiff tragen, das ihn in die weite Welt führt.

Dieser Plan dient Vater und Tochter als „Revanche" für die fehlende Offenheit des Schneiderleins und als Genugtuung für ihre narzisstische Wunde. Sie verhält sich unreif, unerwachsen und intrigant. Zugleich ist sie froh und erleichtert, dass ihr Vater ihr nun wieder von dem Mann abhelfen will, zu dem er ihr erst vor kurzem „verholfen" hat, und den sie nun nicht mehr für standesgemäß hält. Darin offenbart sich die Zwiespältigkeit ihres Vaters, die schon bei der immer wieder verschobenen Einhaltung seiner Eheversprechen gegenüber dem Schneiderlein deutlich wurde. Ausgerechnet der Königvater und seine Tochter, die so viel Wert auf ihre Zugehörigkeit zum Hochadel legen, greifen nun zum Mittel der Intrige und schmieden ein Komplott gegen den Mann, der sie vor weiterem Unheil durch die Riesen, das Einhorn und das Wildschwein bewahrt hat. Das Märchen übt hier an dieser Stelle Gesellschaftskritik. Wie gut, dass es dem Schneiderlein in der kurzen Zeit seiner Regentschaft als König gelungen ist, das Wohlwollen und Vertrauen des Waffenträgers zu gewinnen, der ihm den geplanten Anschlag verrät. Geschickt weiß das Schneiderlein sich diese Information zunutze zu machen. Durch eine fingierte Traumszene werden in der folgenden Nacht die Lauscher vor der Tür aufgeschreckt. Die Aufzählung seiner Heldentaten und die Betonung seiner Wehrhaftigkeit flößt ihnen Furcht ein. Sie lassen sich durch die „hellseherische Weise" des Schneiderleins in Angst und Schrecken versetzen und ohne Wiederkehr vertreiben. So verschafft sich der neue König den nötigen, bleibenden Respekt. Durch seinen Traum wird es sich bei Hof in Windeseile herumgesprochen haben, dass er früher ein Schneider gewesen ist. Aber wie wird es dort aufgefasst worden sein, dass seine Frau und sein Schwiegervater eine Verschwörung gegen ihn geplant haben? Die Tatsache, dass ihr Anschlag missglückt, steht dafür, dass die junge Königin in ihrem kindlichen Vertrauen auf väterliche Hilfe zu weit gegangen ist. Es wird Zeit für sie, sich aus der väterlichen Beeinflussung, Bevormundung und Abhängigkeit zu befreien und sich auf sich selbst zu besinnen. Denn sie wird sich nach diesem Ereignis kleinlaut eingestehen müssen, wie unfair sie sich gegenüber ihrem Ehemann verhalten hat. Wenn sie fähig zur Selbstkritik wäre und auf ihr Gewissen hörte, dann wüsste sie, dass sie sich mit-schuldig gemacht hat. Sie hätte Abbitte zu leisten. Eine solche Selbsterkenntnis und Einsicht in ihr Fehlverhalten könnte der Beginn eines notwendigen Reifungsprozesses sein. Ihre echten weiblichen Fähigkeiten sind gefragt. Sie benötigt Einfühlungsvermögen, Sensibilität und Verständnis für ihren Partner. Ihren Standesdünkel und ihre Vorverurteilung müsste sie endgültig fallen lassen, um – in Zukunft – ihrem Ehemann auf Augenhöhe begegnen zu können. Allerdings bleibt es offen, ob die beiden nach dem verunglückten Anschlag ihre Ehe fortsetzen werden. Über das weitere Schicksal schweigt das Märchen. Denn es endet nicht – wie sonst – mit dem Satz von einer „vergnügten Ehe", sondern es heißt: „Also war und blieb das Schneiderlein ein Lebtag ein König."

13. Schlussbetrachtungen

Das Märchen vom „tapferen Schneiderlein" aus der Sammlung der Brüder Grimm lässt sich zu einem gewissen Grad mit einer Biographie vergleichen. Die setzt zwar nicht mit der Geburt ein und endet auch nicht mit seinem Tod. Aber die lebensbestimmenden mittleren Jahre werden darin dargestellt. Die Märchenhandlung beginnt damit, dass der Schneider – als junger Mann – in seiner Werkstatt mit Eifer näht. Vermutlich hat er es bereits zum Schneidermeister gebracht. Denn in seinem späteren Traum redet er von dem „Jungen", der „ihm die Hosen flicken" solle. Dabei ist sicher sein Lehrling gemeint, den er ausbildet. Zurzeit befindet er sich allerdings allein in der Werkstatt und arbeitet fleißig. Seinen Beruf hat er vermutlich deshalb ergriffen, weil ihm aufgrund seiner zierlichen Gestalt die Körperkräfte zur Ausübung eines physisch anstrengenden Berufes fehlten. Zudem dürfte er schon seit seiner Jugend ein ausgeprägtes Modebewusstsein und viel Geschmack entwickelt haben. Wahrscheinlich beobachtete er genau, wie sich die Leute kleideten. Er nahm ihre Figuren, Proportionen und ihre Körperhaltung wahr, schulte seinen Blick für Farben und Farbkombinationen, zeigte sich aufgeschlossen für die unterschiedlichen Materialien und Stoffqualitäten. Sein Sinn für Ästhetik war wach und lebendig. Das half ihm später bei der Beratung seiner Kunden. Denn die allermeisten von ihnen wünschten sich, nicht nur die passende, sondern auch eine „schmeichelhafte" Garderobe angemessen zu bekommen. Je besser er sie beriet, desto zufriedener waren sie hinterher. Eine geschickte Kundenberatung verhalf ihm zu einem wachsenden Kundenkreis. Die dadurch wirksam werdende Mund-zu-Mund-Propaganda sorgte für seinen ökonomischen Erfolg. Der sicherte ihm sein Auskommen und sorgte für Anerkennung. Dies wiederum stärkte sein Selbstwertgefühl, obwohl der Schneiderberuf in der damaligen Gesellschaft nur geringe Wertschätzung genoss. Auch in der heutigen Zeit verhält es sich diesbezüglich kaum anders.

Zum Märchenbeginn hat er bereits viel Routine erlangt und den Höhepunkt seines beruflichen Werdegangs erreicht. Eine Steigerung ist nicht mehr zu erwarten. Alle bisherigen Möglichkeiten sind ausgeschöpft. Eine Wende steht bevor. Die kommt nicht, wie in so vielen anderen Märchen, durch einen schweren Schicksalsschlag – oder von außen durch eine andere Märchenfigur, sondern einzig und allein durch sein eigenes Verhalten. Ausgerechnet ein so lächerliches Geschehen, wie das Töten von sieben Stubenfliegen, nimmt das Schneiderlein zum Anlass, sein Leben vollkommen neu auszurichten, wobei es nur darauf ankommt, was das Fliegengeschehen in seinem Inneren ausgelöst hat. Fast jedem anderen wäre diese Tat albern vorgekommen. Vielleicht hätte er an ihr einen gewissen Spaß gehabt – oder gar eine gewisse Genugtuung dabei erlebt, aber er wäre wohl nicht auf die Idee gekommen, sie als Ausdruck seiner Tapferkeit auszulegen, um daraufhin sein Leben auf den Kopf zu stellen.

Für unseren Schneider erhält die Fliegen-Heldentat eine andere Dimension. Er sieht sie als Ausdruck seines „Seelenkerns" und fühlt sich zu Höherem berufen. Deshalb *muss* er eine Veränderung vornehmen. Das Wissen um die Richtigkeit seiner Entscheidung schöpft er aus seiner Intuition. Auf sie vertraut er und verlässt er sich. So vermag er die Lebenswende „freiwillig" zu vollziehen und übernimmt zugleich die volle Verantwortung für sein Tun.

Dem Märchenschneider gelingt es, im richtigen Augenblick die Zeichen der Zeit zu erkennen und sie umzusetzen. Die Zeit ist „reif" für eine Wende. Aber wir Menschen sind nicht immer in vergleichbarer Lage dazu bereit oder in der Lage. So geschieht es mitunter, dass wir „unfreiwillig" zu einer Lebenskorrektur veranlasst werden. Sei es, dass wir einen Orts- oder Stellungswechsel, eine Neuordnung unserer Beziehung oder einen Partnerwechsel vornehmen müssen, ohne es zu *wollen*. Einerseits kann der größere äußere Druck oder Zwang uns eine solche notwendige Entscheidung erleichtern, andererseits vollziehen wir sie nicht im Einklang mit uns selbst, wie es das Schneiderlein tut.

So kann uns diese Märchenfigur dazu ermutigen, mehr Flexibilität, Offenheit, Frustrationstoleranz und Durchhaltevermögen aufzubringen, wenn eine Neuausrichtung ansteht. Das erleichtert uns die Veränderung. Es erspart uns den unnötigen Energieverlust, indem wir uns gegen sie wehren.

Stattdessen wäre es hilfreich, sich dem Neuen im Leben zu öffnen und sich ihm zu stellen und solche Fähigkeiten aus der Latenz zu heben, die wir dazu benötigen. Dann ließen sich aufkommende Ängste eher überwinden, innere Blockaden lösen und so die eigene Persönlichkeitsentwicklung voranbringen. Das wäre dann im besten Sinn ein „Fort-Schritt". Wie oft geschieht es – mitunter Jahre nach einer solchen Lebenswende, dass wir im Rückblick froh und sogar erleichtert darüber sind, dergleichen geschafft zu haben!

Auch das Schneiderlein weiß am Ende des Märchens, wie gut es war, den Aufbruch in die neue Lebensphase gewagt zu haben.

Während der gesamten Märchenhandlung mutiert die Hauptfigur vom Schneiderlein zum König. Dabei macht sie eine erstaunliche Entwicklung durch. Denn das Schneiderlein ist von zierlicher Gestalt. Es genießt kein großes gesellschaftliches Ansehen und ist ein bisschen in sich selbst verliebt. Es verkörpert keine ausgeprägte Männlichkeit, sondern wirkt optisch eher wie ein „Schwächling". Auf den ersten Blick erfüllt es ganz und gar nicht die Idealvorstellung eines Helden. Aber genau dies rückt die Märchenfigur mehr in unsere Nähe. Der Weg zum echten Heldentum ist weit. Bis dahin müssen viele Hürden genommen werden. Seine physische Schwäche möchte er damit kompensieren, dass ihn die anderen bewundern. Dazu braucht er den Gürtel, der ihn als „Helden" ausweist. Sein Kraftgürtel suggeriert Kampfesmut, Willensstärke und Tapferkeit. Er soll ihm Respekt, Beachtung und Anerkennung einbringen – und ihm – magische Energien verleihen.

Seine Größenfantasien haben zwei Seiten. Sie können ihn zur Angeberei verleiten, bis hin zur Überheblichkeit. Beides kommt im Umfeld nicht gut an und kann das Gegenteil bewirken. Sich hingegen *groß zu denken*, sich etwas zuzutrauen, seine eigenen Möglichkeiten auszuloten oder gar neue Chancen zu erkennen, erweitert seine Persönlichkeit. Wer etwas erreichen will, braucht Selbstermutigung. Das Schneiderlein muss zunächst etwas von sich halten, bevor die anderen seine besonderen Fähigkeiten wahrnehmen können. Das ist heilsam für sein inneres Wachstum und steigert die eigene Motivation. Beides stärkt sein Selbstwertgefühl und Selbstbewusstsein. Der geschickte Umgang mit seiner eigenen Psyche bringt ihn voran. Da er stets locker, spielerisch und fröhlich bleibt, verkrampft und blockiert er sich nicht selber.

Wer hingegen ständig an sich zweifelt, sein Licht unter den Scheffel stellt und sich zu zögerlich verhält, wird kaum Erfolg haben.

Vor allem durch die Begegnung mit den Riesen erwirbt der Schneider eine klarere Selbsteinschätzung. Das, was ihm an körperlicher Kraft abgeht, lernt er mit seiner geistigen und körperlichen Beweglichkeit wettzumachen. Deren eindimensionale Denkungsart und ihre vorhersehbare Handlungsweise weiß er durch seine Ideenfülle und sein schöpferisches Verhalten auszugleichen. Seine Überlegenheit besteht in der Fähigkeit, sich in jeder neuen Situation auf seinen Einfallsreichtum verlassen zu können und stets einen Ausweg zu finden. Dabei vermag er seine innere Mitte zu bewahren und seine spielerische Leichtigkeit zu nutzen. Die volle Entfaltung des eigenen Wesens bis hin zu mehr Ganzheit ist nur über die Auseinandersetzung mit dem eigenen Schatten zu erreichen. Dies gilt gleichermaßen für den Menschen wie für den Märchenhelden. Deshalb bleibt selbst einer so fröhlichen Märchenfigur, wie das Schneiderlein sie ist, diese Herausforderung nicht erspart. Was ist damit gemeint?

Im Schatten liegen alle Seelenanteile, die verdrängt, unterdrückt, aberzogen, unbewusst oder gar abgelehnt werden. Es handelt sich um solche Anteile, die sich das Bewusstsein weder eingestehen noch wahrhaben möchte, weil es dabei um ungeliebte Eigenschaften, Veranlagungen und Verhaltensweisen geht. Dazu zählen u.a. Aggressionspotenziale, Bösartigkeiten, Destruktivitäten aller Art und viele andere Defizite. Traumatische Erfahrungen gehören ebenso dazu wie anerzogene Körper- und Triebfeindlichkeiten oder Sexualtabus. Sogar eine gesunde Selbstliebe, ein intaktes Selbstwertgefühl oder Selbstbewusstsein können mitunter in den Schatten gedrängt sein und schwere psychische Störungen verursachen. Sie alle hängen mit dem Wesenskern, dem Selbst, zusammen.

In den Märchen – wie in den Träumen – können solche abgespaltenen Seelenanteile in Gestalt von bösen Geistern, Gnomen, Zwergen, Riesen, als Teufel oder Dämonen etc. auftreten. Indem sie Gestalt annehmen, werden sie sichtbar und können als Gegenüber wahrgenommen werden. Sie fordern den Märchenhelden – oder uns – zur Konfrontation mit ihnen auf. Durch die Auseinandersetzung mit ihnen können sie aus ihrer Isolation durch Bewusstwerdungsprozesse befreit und ins Leben einbezogen werden. Erst dann stehen sie dem Märchenhelden als positive Energie zur Verfügung. Dies wird deutlich, als das Schneiderlein durch sein Fliegenerlebnis in Kontakt mit seinem Wesenskern kommt. Intuitiv weiß es in dem Augenblick sofort, das es dem Impuls einer Lebensveränderung folgen muss. Blitzschnell erkennt es seinen „Seelenauftrag". Dadurch erwächst ihm der Mut, sich dem eigenen Schatten zu stellen. So begegnet es seinem „Riesenproblem". Denn das Schneiderlein hält sich aufgrund von Größenfantasien für „riesig". Es hat keine Scheu, dem kräftemäßig vollkommen überlegenen Riesen die Stirn zu bieten. Es weiß, wie intelligent, reaktionsschnell und kreativ es ist.

Der Schneider schreckt weder vor dem Einsatz von Tricksereien, Raffinesse oder Übertreibungen zurück noch davor, mit seinem „Kraftgürtel" Eindruck zu schinden, oder sogar – wie später beim König – Ängste zu verbreiten. Alle diese Mittel sind ihm recht, um seinem persönlichen Ziel näherzukommen. So ist es für seine Entwicklung unerlässlich, in die Höhle der Riesen hinabzusteigen. Symbolisch betrachtet steigt er in sein „Unterbewusstsein" hinunter, wo er mit seinen Aggressionspotenzialen konfrontiert wird. Die Riesen verkörpern seine eigenen Gestalt gewordenen Seelenanteile, die sich im nächtlichen Anschlag als „Riesengewalt" gegen ihn entladen wollen. Nur weil er hoch intuitiv ist, erkennt – und durchschaut – er im Vorfeld die zerstörerische Kraft, stellt sich ihr und vermag ihr durch sein vorausschauendes Verhalten zu entgehen. Durch das Bewusstwerden der „Riesenaktion" trifft ihre Schlagkraft ins Leere. Dadurch sind seine Größenfantasien auf ein Normalmaß zurechtgestutzt. Er hat seine Grenzen kennengelernt. „Gefahr erkannt, Gefahr gebannt", ließe sich hier sagen. Diese wichtige Erfahrung bringt seine Entwicklung voran. Mit dieser Erkenntnis kann er bei der zweiten Riesenbegegnung den Transfer bilden. Die Riesen im königlichen Wald sind – eigentlich – das „Riesenproblem" des Königs, das er, der Zierliche, lösen soll. Inzwischen hat er gelernt, mit den „Riesenaggressionen" umzugehen. So gelingt es ihm, die Gewaltbereitschaft der Riesen dorthin zu delegieren, wo sie durch Gegengewalt zum Erliegen kommt und schließlich – im wahrsten Sinn des Wortes – erlischt.

Im königlichen Wald, der ähnlich wie die Höhle, das Unterbewusstsein repräsentiert, richten das Einhorn und das Wildschwein große Schäden an. Denn in ihrer Wildheit symbolisieren sie ungebändigte, sexuelle und chaotische Kräfte. Sie gebärden sich äußerst aggressiv, sind bedrohlich und verrennen sich in ihrer draufgängerischen Art. Da sie sich im Wald des Königs aufhalten, verkörpern sie dessen Schattenfiguren. Auf der psychischen Ebene verhält sich der König zwiespältig, so wie es der ambivalenten Symbolik von Einhorn und Wildschwein entspricht. Dabei handelt es sich um ein altes Problem, das latent vorhanden ist und nun durch das Auftauchen des Schneiderleins neue Aktualität gewonnen hat. Bisher hat es der König versäumt – oder es ist ihm einfach nicht gelungen – sich dieser Schattenthematik zu stellen. Deshalb stehen ihm im übertragenen Sinn auch nicht die positiven Kräfte, die diese Tiere repräsentieren, zur Verfügung. Das heißt, er verhält sich „einhörnig" und „verbohrt" oder lässt „die Sau heraus", wenn er sich keinen anderen Rat weiß, wie zum Beispiel bei der Intrige gegen seinen Schwiegersohn. In dieser unerlösten Form stellen seine

Schattenfiguren eine Belastung dar. Deshalb delegiert der König ans Schneiderlein die Aufgabe, die wilden Tiere einzufangen, sie jedoch nicht zu töten. Da das Schneiderlein aus seinem Höhlenerlebnis die notwendigen Lehren und Erkenntnisse gewonnen hat, reagiert es bei der Jagd äußerst flexibel, erweist sich als geistig und körperlich beweglich, ideenreich und ist trotzdem hoch konzentriert und zielgerichtet wie das Einhorn. Insofern ist er genau der Richtige für diese Aufgabe, wobei er sein Märchenheldentum erwirbt.

Was aber hat es mit dem Wildschwein auf sich?

Der König verheiratet aus lauter Angst vor der Heldenhaftigkeit des Schneiders seine Tochter mit ihm, dem Emporkömmling. Das heißt, er „opfert" sie aus Gründen der Staatsräson und aus Feigheit. Dabei nimmt er keine Rücksicht auf ihre Befindlichkeit. Dieses egoistische Verhalten ist grenzwertig und lässt väterliches Verantwortungsgefühl vermissen. Es sieht nach „Kuppelei" aus. Selbst wenn dergleichen in früheren Zeiten häufig vorkam – oder in anderen Kulturen heute noch üblich ist –, handelt es sich bei der „Verheiratung" um eine Fremdbestimmung der jungen Frau. Der König delegiert seine Schattenproblematik zugleich an die nachfolgende Generation. Deshalb hat seine Tochter schon bald ein Problem damit, als sie – durch den Traum ihres Ehemannes aufgeschreckt – erfährt, dass er *nur* ein Schneider ist. Das hat sie nicht gewusst und ist darüber sehr enttäuscht. Da sie ohnehin keine tiefen Gefühle für ihn hegt, möchte sie nun – nach der Offenlegung – von ihm wieder „befreit" werden. Also will ihr Vater ihr von dem Mann abhelfen, mit dem er sie zuvor aus egoistischen Motiven verheiratet hat. Hätte sich der König doch nur rechtzeitig genug mit dem „Wildschwein" in seinem Wald, also in seinem Unterbewusstsein, auseinandergesetzt, dann hätte er seine einzige Tochter nicht „verkuppeln" müssen.

Das Schneiderlein konnte durch die erfolgreiche Jagd im königlichen Wald sein „echtes" Heldentum unter Beweis stellen und dabei zeigen, dass es *seine* Schattenproblematik weitgehend gelöst und dadurch seine Königswürde verdient hat.

Literaturverzeichnis

Hans Christian Andersen, »Andersens Märchen«,
Droemersche Verlagsanstalt, München 2003

Helmut Barz, »Blaubart«
Kreuz Verlag, Zürich 1996

Hanns Bächthold-Stäubli, »Handwörterbuch des deutschen Aberglaubens«,
Walter de Gruyter Verlag, Berlin – New York 2000, 10 Bde.

Martin Bauschke, »Abraham und Aschenputtel«,
Radius Verlag, Stuttgart 2006

Rufus Beck, »Kinder lieben Märchen«,
Knaur Ratgeber Verlag, München 2007

Bruno Bettelheim, »Kinder brauchen Märchen«
dtv, Deutscher Taschenbuch Verlag GmbH & Co. KG, München, 1983

Prof. Dr. Hans Biedermann, »Knaurs Lexikon der Symbole«,
Weltbild Verlag, Augsburg 2000

Felix von Bonin, »Kleines Handlexikon der Märchensymbolik«,
Kreuz Verlag, Stuttgart 2001

Sibylle Birkhäuser-Oeri, »Die Mutter im Märchen«
Bonz Verlag, Waiblingen 1993

Sibylle Birkhäuser-Oeri, »Antiker Mythos in unseren Märchen«,
Erich Röth Verlag, Kassel 1984

Georg Büchner, »Woyzeck«,
Reclam Verlag, Stuttgart

Ch. Bühler/J. Bilz, »Das Märchen und die Phantasie des Kindes«,
Barth Verlag, München 1971

Alice Dassel, Märcheninterpretationen zu »Allerleirauh und zu Einäuglein,
Zweiäuglein, Dreiäuglein«,
Schneider/Hohengehren, Baltmannsweiler 2005

Alice Dassel, Märcheninterpretation zu »Die Bremer Stadtmusikanten«,
BoD, Norderstedt 2012

Alice Dassel, Märcheninterpretation zu »Grimm's Bärenhäuter«,
BoD Norderstedt 2004

Hans Dieckmann, »Märchen und Symbole«
Bonz Verlag, Stuttgart 1977

Hans Dieckmann, »Der blaue Vogel«
Kreuz Verlag, Zürich 1989

Friedrich Doucet, »Traum und Traumdeutung«,
Heyne Verlag, München 1973

Eugen Drewermann, »Lieb Schwesterlein, laß' mich herein«
dtv, München 1996

Eugen Drewermann, »Rapunzel, Rapunzel, lass' dein Haar herunter«,
dtv, München 1992

Christian Feldmann, »Von Aschenputtel bis Rotkäppchen«,
Gütersloher Verlagshaus, Gütersloh 2009

Marie-Louise von Franz, »Erlösungsmotive im Märchen«
Kösel Verlag, München 1997

Marie-Louise von Franz, »Die Erlösung des Weiblichen im Manne«,
Walter Verlag, Düsseldorf 1997

Marie-Louise von Franz, »Archetypische Dimensionen der Seele«,
Daimon Verlag, Einsiedeln (Schweiz) 1994

Marie-Louise von Franz, »Der Schatten und das Böse im Märchen«,
Kösel Verlag, München 1985

Dr. Oliver Geister, »Kleine Pädagogik des Märchens«,
Schneider/Hohengehren, Baltmannsweiler 2013

Hehlmann, »Wörterbuch der Psychologie«
Kröner Verlag, Stuttgart 1965

Hartmut von Hentig, »Paff, der Kater« oder »Wenn wir lieben«,
Hauser Verlag, München 1978

Gerald Hüther, »Die Macht der inneren Bilder«,
Vandenhoeck&Ruprecht, 4. Aufl., Göttingen 2008

Josef Imbach, »Das Eselein«,
Benziger Verlag, Zürich und Düsseldorf 1999

Hans Jellouschek, »Der Froschkönig«
Kreuz Verlag, Zürich 1995

Hans Jellouschek, »Die Froschprinzessin«
Kreuz Verlag, Zürich 1996

C. G. Jung, »Der Mensch und seine Symbole«,
Walter Verlag, Olten und Freiburg 1980

Franz Kaufmann, »Der gestiefelte Kater« (Perrault),
Kreuz Verlag, Zürich 1991

Verena Kast, »Liebe im Märchen«
Walter Verlag, Olten 1992

Verena Kast, »Familienkonflikte im Märchen«
Walter Verlag Olten und Freiburg i.B, 1986

Verena Kast, »Sich wandeln und sich neu entdecken«
Herder Spektrum, Freiburg 1996

Verena Kast, »Die Dynamik der Symbole«
dtv, München 1996

Verena Kast, »Paare«
Kreuz Verlag, Zürich 1997

Verena Kast, »Der Schatten in uns«,
Deutscher Taschenbuchverlag, München 2010

Max Lüthi, »Märchen«
Sammlung Metzler, Bd. 16, Stuttgart 1979

Max Lüthi, »So leben sie noch heute«,
Kleine Vandenhoeck-Reihe, Göttingen 1989

Anne Maguire, »Die dunklen Begleiter der Seele«,
Walter Verlag, Zürich und Düsseldorf 1996

Lutz Müller, »Des Kaisers neue Kleider«
Kreuz Verlag, Zürich 1995

Lutz Müller, »Das tapfere Schneiderlein«
Kreuz Verlag, Zürich 1995

Rudolf Müller, »Jorinde und Joringel«
Kreuz Verlag, Zürich 1992

Erich Neumann, »Amor und Psyche«,
Insel Verlag, Frankfurt 1995

Erich Neumann, »Die große Mutter«
Walter Verlag, Zürich u. Düsseldorf 1997

Anita Raffay, »Abschied vom Helden«,
Walter Verlag, Olten und Freiburg i.B. 1989

Helmut Remmler, »Der Königssohn, der sich vor nichts fürchtet«
Kreuz Verlag, Zürich 1992

Ingrid Riedel, »Frau Holle«
Kreuz Verlag, Zürich 1995

Ingrid Riedel, »Die weise Frau in Märchen und Mythen«,
dtv, München 1997

Ingrid Riedel, »Tabu im Märchen«
dialog & praxis, dtv, Walter Verlag, München 1996

Ingrid Riedel, »Die vier Elemente im Traum«
dialog & praxis, dtv, Walter Verlag, München 1997

Hans Gerd Rötzer, »Märchen«
C. C. Buchner Verlag, Bamberg 1988

Oskar Ruf, »Die esoterische Bedeutung der Märchen«,
Knaur Verlag, München 1992

Walter Scherf, »Das Märchen-Lexikon«, 2 Bde.
C. H. Beck Verlag, München 1995

Gabriele Seitz, »Die Brüder Grimm – Leben – Werk – Zeit«,
Winkler Verlag, München 1984

Kurt Stiasny, »Was Andersens Märchen erzählen«,
Novalis Verlag, Schaffhausen 1996

Ludwig Tieck, »Der gestiefelte Kater«,
Reclam Verlag, Stuttgart 1965

»Tiere und Tiergestaltige«,
Erich Röth Verlag, Regensburg 1991

Fritz B. Simon, »Die Kunst, nicht zu lernen«,
Auer Verlag, Heidelberg 1997

Ortrud Stumpfe, »Die Symbolsprache der Märchen«,
Aschendorffsche Verlagsbuchhandlung, Münster 1992

Gerhard Wagner, »Schwein gehabt! «,
- Redewendungen des Mittelalters –
Regionalia Verlag, Rheinbach 2013

Gabriele Wasserziehr, »Märchen für Erwachsene«,
Fischer Tb-Verlag, Frankfurt 1997

Hildegunde Wöller, »Aschenputtel«
Kreuz Verlag, Zürich 1995

»Die deutsche Literatur in Text und Darstellung Romantik I«,
Universal Bibliothek Reclam, Ditzingen 1974

»Lexikon der Symbole«,
Fourier Verlag, Wiesbaden 1980

»Handbuch des Aberglaubens«,
3 Bde, Tosa Verlag, Wien 1996

»Kinder- und Hausmärchen«, gesammelt durch die Brüder Grimm
Insel Taschenbuch, 3 Bde, N. G. Elwert Verlag Marburg, 1979

»Märchenforschung und Tiefenpsychologie«,
Wissenschaftliche Buchgesellschaft, Darmstadt 1969

»Zauber Märchen«,
Eugen Diederichs Verlag, München 1998

Weitere Bücher von Alice Dassel